33 Grausamkeiten

Für Mutti

33 Grausamkeiten

von Manuela Thoma-Adofo

Bibliografische Information der Deutschen Nationalbibliothek
Die Deutsche Nationalbibliothek verzeichnet diese Publikation in der Deutschen
Nationalbibliografie; detaillierte bibliografische Daten sind im Internet über
http://dnb.dnb.de abrufbar.

© Manuela Thoma-Adofo 2015
Internet: www.manuela-thoma-adofo.de
Umschlaggestaltung: Esther Probst r-design München
Lektorat/Korrektur: Eva Leopoldi und Mathias Kröger
eBook-Format: Olaf Tank
Herstellung und Verlag: BoD – Books on Demand, Norderstedt
ISBN 978-3-7386-4201-8

Inhaltsverzeichnis

Der Amokläufer 7

Oma Pusch 15

Schöne Füße 19

Sein bestes Stück 22

Das Eisfach im Hotel 28

Keine Hoffnung 29

Ein wunderbares Paar 33

Von Fred und Carla 37

Die Fütterung 40

WhatsApp 45

Pechvogel I. 51

Pechvogel II. 57

Ersatzteillager 62

Schöne Worte 70

Die Reisegruppe 73

Die fröhliche Mareike 87

Der Spanner 89

Selber schuld 95

Auge um Auge 98

Schlechte Eltern 104

Die Frau am Fenster 108

Gefällt mir   111

Versetzt   115

Ein gutes Herz   119

Starbucks   126

Schwarz & Schwarz   136

Das Prachtstück   140

3D / 3F   146

Der alte Herr Schneider   152

Die Fotografin   159

Campingurlaub   164

In Liebe deine Schwiegermutter   169

Die sieben Todsünden   171

1. Hochmut/Stolz   172

2. Geiz/Gier/Habsucht   174

3. Unkeuschheit/Wollust   176

4. Zorn/Rachsucht   177

5. Unmäßigkeit / Völlerei   179

6. Neid   180

7. Trägheit   182

Danke!   183

Der Amokläufer

Er lag bäuchlings auf der Brücke. Sein Kaugummi schmeckte schon schal, und er schob sich einen weiteren Streifen direkt aus der Hülle in den Mund. Er hatte mal gesehen, wie irgendein Fernsehkommissar es so machte. Vielleicht war es auch nur die Wrigleys-Werbung gewesen.

In seiner Hand lagen schon die ersten fünf Steinchen, und mindestens fünfzig weitere hatte er in dem kleinen Lederbeutel, der neben ihm lag, gesammelt.

Wenn es endlich so weit war, wollte er sich vorstellen, dass es die Munition eines Luftgewehrs sei und er ein Heckenschütze, über den man schon in den Zeitungen und im Fernsehen berichtete.

Niemand würde wissen, wer er war und welche Gefahr von ihm ausging, aber jeder würde ihn fürchten. Wobei der Gedanke an sich noch nicht ganz befriedigend war. Denn eigentlich wollte Markus durchaus, dass man wusste, wer er war. *Jeder* sollte seinen Namen kennen und fürchten. So war es besser.

Markus Felger, der Horror der Straße, der Autobahnkiller, der Sniper. Sein Name und sein Gesicht sollten Angst und Schrecken verursachen. Niemand würde ihn finden, und jeder hätte Furcht, ihm bei Nacht und Nebel über den Weg zu laufen.

Er legte sich auf den Rücken und verschränkte die Hände im Nacken. Diese Idee, diese Vorstellung ließ ihn träumen.

Die Frauen würden vor lauter Angst fast ohnmächtig werden und die Männer hätten Respekt und wechselten die Straßenseite, wenn sie ihn sahen. Alle würden ihn jagen, aber keiner könnte ihn fassen. Weil er schneller, klüger und gerissener war als die Polizei, das FBI, das CIA und der KGB zusammen.

Markus kratzte sich an der Stirn.

Vermutlich würde er auf FBI, KGB und CIA verzichten müssen. Er glaubte nicht, dass es diese Organisationen wirklich gab. So was lief doch immer nur im Fernsehen. Er spuckte seinen Kaugummi aus, drehte sich wieder auf den Bauch und schob einen neuen in den Mund. Das Geräusch eines herannahenden Wagens riss ihn aus seiner Phantasie. Jetzt sollte es endlich so weit sein. Markus schob seine Sonnenbrille zurück auf die Nasenwurzel und brachte sich in Stellung. Sobald das Auto den letzten Markierungspfosten an der linken Seite passiert, würde er loslegen. Ganz schnell hintereinander.

Zackzackzack. Wie ein Maschinengewehr.

Das Auto war nur noch hundert Meter entfernt. Nur noch fünfzig. Markus hob die Hand mit dem Steinchen.

Und ließ sie wieder sinken. Nein, das war nicht das richtige Modell, sagte er sich. Vor Aufregung hatte er auch noch seinen Kaugummi verschluckt. Sein Herz pumpte wie verrückt, und seine Hand zitterte, aber so war das vermutlich bei allen Mördern.

Zumindest am Anfang.

Der Nächste würde es sein. Und dieses Mal hätte er keine Gnade.

Ein BMW Kombi wechselte auf die rechte Spur. Markus kannte das Modell nicht. Er erkannte lediglich, ob ein Wagen ein Mercedes, ein Audi, ein BMW oder ein VW war, und bei den Asiaten tat er sich schon schwer. Von den Marken, die er kannte, konnte er allerdings auch die unterschiedlichen Modelle meist überhaupt nicht voneinander unterscheiden. Dieser hier war jedenfalls eindeutig ein BMW. Und ein Kombi.

Wieder schob Markus seine Sonnenbrille ein wenig hoch und nahm die Steine in die Hand. Drei. Zwei. Eins.

Er ließ die Handvoll Steine einfach zwischen seinen Fingern hindurch von der Brücke gleiten.

Zu seinem Stolz hatte er den BMW tatsächlich nicht verfehlt. Gut, die Steine waren bloß aufs Dach gefallen und hatten die Scheibe nicht zerstört - sie hatten sie ja noch nicht mal berührt - aber getroffen hatte er. Schnell krabbelte er auf die andere Seite der Brücke.

Der Fahrer des Kombi bremste und zog dann mit eingeschaltetem Warnblinker auf den Standstreifen.

Markus blieb fast die Luft weg. Er sprang auf, griff sich seinen Lederbeutel mit der Munition und rannte, so schnell seine Füße sein Übergewicht trugen, in das angrenzende Waldgebiet. Die Angst, dass der Fahrer ihn gesehen haben könnte, hatte bereits eine Spur in seiner Unterhose hinterlassen, das spürte er. Aber alles in allem war er mit sich zufrieden. Er hatte den Wagen getroffen und den Lenker sicherlich zu Tode erschreckt.

Markus stützte sich atemlos mit den Händen an seinen Knien auf, grinste und versuchte, zu etwas Luft zu kommen. Dann richtete er sich wieder auf.

Er schüttete die verbliebenen Steinchen in das Moos und wischte sich den Schweiß von der Stirn. Dann lief er los. Nach dieser Tat brauchte er erst einmal eine Stärkung. Zuhause im Kühlschrank hatte seine Mutter bestimmt noch ein bisschen von dem Makkaroni-Auflauf.

Den hatte er sich verdient. Und auf seinem Weg träumte er weiter von seiner Karriere als Amokläufer.

Jeder würde seinen Namen kennen. Sein Bild. Seine Geschichte.

Monika Felger saß vor dem kleinen Fernseher in der Küche, als ihr Sohn die Wohnung betrat. Sie schaute fern und amüsierte sich oder stritt mit Barbara Salesch und Richter Alexander Hold.

Das Zimmer von Markus hatte sie schon am Vormittag in Ordnung gebracht. Gleich nachdem ihr Sohn das Haus verlassen hatte, räumte sie die benutzten Taschentücher vor seinem Bett fort und stapelte die DVDs mit den Actionfilmen auf dem Nachttisch.

Sie wusste, dass er bis an ihr Lebensende nicht ausziehen würde. Aber was solls. Er war ein guter Junge, und außerdem hatten sie ja nur noch sich selbst.

Obwohl Markus es ihr schon ein paarmal verboten hatte, räumte sie diese scheußliche Pistole, die unter seinem Kopfkissen lag, und das gebogene Messer in dem Lederetui auf den Tisch neben der Tür.

Sie mochte so etwas überhaupt nicht im Haus haben. Aber letztendlich war der Junge ja auch schon bald dreißig. Sie konnte ihm diese Dinge nicht mehr verbieten.

Markus lag auf seinem Bett. Die Erdnussflips, die er sich aus der Vorratskammer mitgenommen hatte, krümelten ein bisschen, aber das war kein Beinbruch. Wenn er so auf dem Rücken lag, wirkte er gar nicht ganz so dick, fand er. Nur ein bisschen stämmig. Vielleicht sogar kräftig.

Seine Waffen lagen rechts und links neben ihm. Mutter begriff einfach nicht, dass seine Pistole und sein Jagdmesser nicht neben der frisch gewaschenen Wäsche liegen sollten, die sie ihm jede Woche auf den Tisch legte. Schon ein paarmal war er ganz nah dran, ihr die Knarre an die Rübe zu halten und sich ein bisschen Respekt zu verschaffen. Dann fiel ihm aber ein, dass er für die kommende Zeit hier alles alleine hätte machen müssen, und er verzichtete darauf.

Es war gar nicht so einfach gewesen, an die Pistole zu kommen. In dem Laden in der Stadt hatten sie allerlei Dinge von ihm gewollt. Seinen Ausweis sollte er zeigen, und von einem Waffenschein hatten sie geredet. Das hatte er natürlich nicht. Also den Waffenschein. Und seinen Ausweis wollte er nicht zeigen. Dann hätten die Falschen ja auch gleich gewusst, dass er bewaffnet war. Das wäre zu doof gewesen. Und doof war er ja nun nicht.

Jeder kannte den Typen mit der Hütte im Wald. Und es war ein offenes Geheimnis, dass er dort nicht nur Holz verkaufte. Der Kerl hatte einen Mords-Spleen und einen Hass auf alle, die keine echten Deutschen waren, so sagte er. Aber jeder wusste auch, dass er selber aus Klagenfurt zugezogen war. Also war er ja selber auch kein Deutscher, sondern Österreicher. Markus war es egal. Er war in Bayern geboren, hier aufgewachsen und nie woanders gewesen. Er war Bayer, und damit war er Deutscher. Der Typ konnte also schimpfen, wie er wollte.

Trotzdem hatte Markus Bammel, als er den Weg zur Hütte ging. Kurz bevor er an die Tür klopfen konnte, wurde diese von so einem spirreligen, kleinen Typen geöffnet, der ohne ihn anzusehen an ihm vorbei lief. Der war vielleicht nervös. Na ja, vielleicht war er Ausländer und hatte eine unschöne Begegnung mit dem Hüttenmann.

Markus erklärte sein Anliegen. Wenn einem schon einer Waffen verkaufte, dann sollte er auch wissen wofür. Denn legal war das, was der Hüttenmann dort oben betrieb, ganz sicher auch nicht.

Der Alte hat nur gelacht und etwas gefaselt, dass er fürs nächste genug von Amokläufern hätte. Dann nahm er das Geld, gab Markus die Pistole, erklärte ihm ein bisschen was über Munition und Umgang und schickte ihn wieder fort. Das Messer verkaufte er ihm ebenfalls noch.

Auf dem Weg nach Hause hatte Markus das Gefühl, dass jeder sehen würde, was er in seinem Rucksack trug.

Das war nun alles schon vier, fünf Wochen her.

Markus setzte sich auf und zog seinen Computer an sich heran.

Bei Google rief er zum hundertsten Mal alles auf, was ihm zum Thema Amoklauf einfiel. Allein der Begriff machte ihn unglaublich spitz. Das Wort war groß und mächtig. So wie er bald groß und mächtig sein sollte. Emsdetten, Virginia, Winnenden, Ohio, Erfurt und Utoya. Für alle anderen waren es irre Mörder. Für Markus waren es Helden.

So sollte man ihn auch mal finden können. Wenn man bei Google seinen Namen eingab, dann sollte sein Gesicht genau zwischen diesen Menschen auftauchen. Und nicht als stecknadelkopfkleine Fratze zwischen hundert anderen Arbeitern seiner Ladenkette.

Sie würden ihn zwar dann hassen, aber sie würden ihn kennen. Alle da draußen, die ihn bis jetzt nie beachtet hatten. Sein Foto käme bei RTL im Mittagsmagazin und auch bei Exclusiv im Abendprogramm. Günther Jauch, Sandra Maischberger und alle großen Namen würden über ihn sprechen.

Vermutlich würden sie sogar versuchen, Interviews mit ihm in der Gefängniszelle zu erbetteln. Er wäre ein Star. Ein Killer, ein Sniper, ein Amokläufer, aber ein Star.

Jedes Mal, wenn er daran dachte, bekam er eine Erektion und zog sich für ein paar Minuten in das Badezimmer seiner Mutter zurück.

Vielleicht würde er dabei draufgehen. Das war ihm egal.

Dann dachte er an seine Mutter, und wie sie ihn vermissen würde. Tränen stiegen in seine Augen, und er beschloss, doch besser mit dem Leben davon zu kommen. Außerdem könnte er tot auch keine Interviews geben.

Er würde zuschlagen. Jeden töten, der auf seiner Liste stand (und vielleicht noch ein paar mehr), und dann durch einen der Seitenausgänge fliehen. Ja, so war es besser. Man musste ja nicht gleich alles riskieren.

Zehn bis zwanzig Tote würden ihn schon unsterblich genug machen. Da musste er ja nicht dabei sein.

Markus war zufrieden mit seinem Plan.

Es sollte geschehen. Heute Nachmittag würde er, Markus Felger, in die Geschichte eingehen. Unsterblich werden. Gleich nach Dienstschluss würde er die Waffen aus seinem Zimmer holen und in die Einkaufspassage fahren. Dort würde er sein persönliches Feuerwerk abhalten. So wie alle anderen großen Amokläufer vor ihm. Erneut musste er die Toilette aufsuchen.

Die Stunden im Lager des Supermarktes zogen sich wie Kaugummi. Mit jeder Minute, die er seinem Feierabend näher kam, wuchs sein Herzklopfen, aber auch die Lust, sie alle zu töten. Alle, die ihn aus dem großen Supermarkt der Einkaufspassage geekelt hatten. Die dafür verantwortlich waren, dass er nun in diesem winzigen Laden arbeiten musste. Alle, die ihn fett und dämlich genannt hatten. Die hübschen Kassiererinnen, die blöde Witze über ihn rissen, der Lagerchef, der ihn beim Klauen erwischt und angeschwärzt hatte. Sie alle sollten sterben. Und jeder, der ihn aufhalten wollte, ebenfalls. Markus Felger. Morgen würde jeder seinen Namen kennen. Für die Jungs im Knast wäre er ein Held und für die Leute vom Fernsehen eine Sensation.

Punkt 17 Uhr war es dann so weit.

Markus legte seine Schürze ab und zog seine Popeline-Jacke an. Auch die Dienstschuhe stellte er an ihren Platz und zog die weißen Sneaker an, die ihm seine Mutter zum Geburtstag geschenkt hatte.

Das wäre etwas ganz anderes als Steinchen schmeißen und die Kinder aus der Mittelschule zu drangsalieren. Das war ganz großes Kino. Und jetzt würde es passieren.

Sein ganzes Leben zog an ihm vorbei, als er die Hintertür des Ladens öffnete, um zum letzten Mal als Markus Felger, die Flasche, das Weichei, der Niemand den Heimweg anzutreten. Er würde nach Hause fahren und seine Pistole und das Messer holen. Und dann gab es kein Halten mehr.

Die kühle Luft in seinem Gesicht wirkte wie eine erfrischende Dusche, und er schloss erfüllt von Vorfreude und Erregung die Augen. Und so kam es, dass er den Mann, der um die Ecke kam, nicht hatte sehen können. Aus einer Entfernung von wenigen Metern trafen ihn die Schüsse in Körper und Hals. Er begriff nicht was passierte, selbst als er rückwärts zu Boden fiel. Der kleine, dünne Mann mit diesem eigenartigen Lächeln und den beiden Pistolen in den Händen schoss wild um sich. Dann stand er über ihm und richtete noch einmal beide Waffen auf seinen Körper. Und schon wurde es Nacht.

Die ersten Artikel fanden sich schon am selben Abend in den Online-Ausgaben wieder, und morgen würden sie bundesweit in allen Zeitungen erscheinen.

Amoklauf nach Ladenschluss

Am Abend des 12. März kam es in Pullach zu einem schrecklichen Blutbad. Der aus Regensburg stammende Amokläufer Richard H. schoss aus heiterem Himmel und ohne jede Vorwarnung mit zwei Handfeuerwaffen auf unschuldige Passanten und verletzte einige von ihnen schwer. Einer der Verletzten, der Supermarktangestellte Markus

F. (28) verstarb noch am Tatort, nachdem er von mehreren Kugeln des Killers getroffen wurde.

Bei Richard H. handelt es sich um einen Bankangestellten, den Freunde und Nachbarn als überaus ruhige und unauffällige Person beschreiben. Er war nicht verheiratet und lebte noch im elterlichen Haus, wo er sich gerne die Freizeit mit Computerspielen vertrieb. Niemand rechnete damit, dass dieser junge beliebte Mann das Potential eines Mörders in sich trug. Der Schrecken sitzt tief. Alle zwölf Personen, die von den Kugeln des Amokläufers getroffen wurden sind soweit außer Lebensgefahr. Außer Markus F.. Ihn erwischte der Killer mit mehr als fünf Kugeln im Bauchraum und am Hals. Er hatte keine Chance. »Das unschuldige Opfer Markus F. war einfach zur falschen Zeit am falschen Ort«, so die Kripo München. »Es hätte jeden treffen können.«

Neben den Artikeln fanden sich viele Bilder vom Täter. Ein netter junger Mann, dessen Gesicht nun jeder kannte. Aber auch Markus Felger hätte sich auf einem oder zwei Fotos wiedergefunden. Auf denen konnte man seine weißen Turnschuhe sehen, die unter dem Tuch hervorragten. Und mit ein bisschen gutem Willen entdeckte man sogar noch die Blutflecken, die unter dem weißen Laken hervorschimmerten.

Oma Pusch

Oma Pusch, vielmehr Lisbeth Pusch und eigentlich sogar Elisabeth Friederike Pusch, stand an ihrem Fenster.

Der Notarztwagen hatte auf der gegenüberliegenden Straßenseite angehalten, und die Eile der Sanitäter bedeutete nichts Gutes. Nun verhieß die leere Abfahrt des Notarztwagens, dass es hier nichts mehr zu retten gab. Bald würde einer dieser schwarzen oder dunkelgrauen Wagen kommen, und zwei Männer würden eine hölzerne Kiste aus dem Haus tragen. Oma Pusch kannte dieses Schauspiel, und es war immer wieder berührend.

Dieses Mal traf es die Lehrerin aus der Nr. 28. Sie hatte sich erhängt, erfuhr man kurze Zeit später. Jemand hatte ihr Fotos ihres Exmannes mit einer ihrer Schülerinnen zugespielt. Daran war sie dann wohl endgültig zerbrochen. Schon sein Auszug aus der gemeinsamen Wohnung hatte sie schmerzhaft getroffen. Ihr Alkoholkonsum war schon vorher nicht gering, aber nun stieg er sprunghaft an. Dies ließ sich leicht am Altglascontainer im Hof erkennen. Nur sie trank den Gemüsesaft in Flaschen, und wenn die leeren Wodkaflaschen immer neben den leeren Bio-Gemüsesaft -Flaschen lagen, dann brauchte man nicht mehr lange zu kombinieren.

Oma Pusch mochte die Lehrerin. Selbst dann, wenn diese nicht immer nach oben grüßte, wenn sie am Fenster stand. Manchmal ließen Probleme eben nicht zu, dass man den Blick hob.

Dass die Wahl auf Erhängen fiel, sah ihr ein bisschen ähnlich. Ein in der Literatur – nach Gift – häufig gewähltes Werkzeug, um aus dem Leben zu scheiden. Und da es vermutlich zu schwer war an probates Gift zu gelangen, nutzte sie eben ihre Mittel. Zwei aneinander geknüpfte Ledergürtel ihres Mannes. Es wirkte fast ironisch. So kam sie doch bis zuletzt nicht aus seiner Umklammerung.

Die Beerdigung würde aller Voraussicht in der kommenden Woche stattfinden. Oma Pusch schaute auf den Kalender. Sie hatte Zeit. Sie würde hingehen.

Lisbeth verließ ihr Haus nicht sehr oft. Die Nachbarn boten ihr manchmal an, für sie einkaufen zu gehen. Das nahm sie gerne an. Die alten Beine wollten nicht immer so, wie sie es gerne gehabt hätte. Hin und wieder richtete sie sich dann aber doch und lief langsam und bedächtig zum Supermarkt oder zum Friseur oder zum Friedhof.

Schon vor etwa zwölf Wochen konnte sich Oma Pusch ihr hübsches, schwarzes Kleid wieder einmal überstreifen. Da wurde nämlich der junge Mann von nebenan mit laufendem Motor in seiner Garage gefunden. Für Lisbeth stand fest, dass sie auch ihm die letzte Ehre erweisen wollte. Es war einfach zu traurig, dass ihm jemand die Wahrheit darüber gesagt haben musste, dass er seine Kinder vermutlich nie wiedersehen würde. Seine Frau hatte die beiden tatsächlich nicht nur mit in den Urlaub genommen, sondern sie hatte gar nicht vor, aus Neuseeland wieder zurückzukommen. Das mit dem Sorgerechtskampf hätte er sich nie im Leben leisten können. Das konnte Lisbeth ihm in einem Gespräch leider nur bestätigen. So etwas kostete immer ein Vermögen und hatte doch kaum Aussicht auf Erfolg. Manchmal war die Welt aber auch ungerecht. Die Frau, die Oma Pusch mit in ihrem Wagen zur Beerdigung nahm, wirkte auch schon etwas angegriffen. So unfassbar es klang, hatte ihr doch jemand ausgerechnet an diesem Tag einen Zettel in den Mantel gesteckt, auf dem stand, dass sie als Teenager zweimal ein Kind abgetrieben haben soll. Die ungeborenen Babys wurden nach Inhalt des anonymen Zettels sogar vom Onkel der Frau gezeugt. Das war doch unvorstellbar. So eine nette Frau. »Hoffentlich erfährt das die Nachbarschaft nicht.« hatte Oma Pusch ihr besorgt ins Ohr geflüstert. War doch die Wohnung der Frau von einer kirchlichen Organisation zur Verfügung gestellt worden. Und die hätten garantiert nicht gewollt, dass dort eine Kindermörderin lebt. Da mochte man über die Situation denken, was man wollte.

Lisbeth war bei so was durchaus liberal, aber sie hatte da ja kein Mitspracherecht.

Als hätte sie es geahnt, warf sich die Frau wenige Tage nach der Beerdigung des Nachbarn vor den Zug. Während der Beerdigung musste Oma Pusch ständig darüber nachdenken, wie ein Mensch wohl aussah, der von einem IC überfahren wurde. Aufgebahrt werden schloss sich nach so einem Tod sicher aus.

Ein schöner Anblick konnte das auch nicht mehr sein. Und ob auch wirklich alle Teile der Verstorbenen in der Holzkiste lagen, bezweifelte Oma Pusch stark.

Diese Straße brachte vielen Menschen kein Glück. Anderen brachte sie schlichtweg einen viel zu frühen Tod.

Nur ein Jahr zuvor hatte sich das ältere Paar direkt gegenüber mit Rattengift das Leben genommen. Die beiden lebten schon seit über vierzig Jahren in der Dreizimmer-Altbauwohnung, und ein Umzug wäre ihnen noch nicht einmal bei vorhandenen Mitteln zumutbar gewesen. Geschweige denn unter Zeitdruck und Amtsgewalt. Jemand drohte ihnen ebenfalls mit der Kündigung ihrer Wohnung. Erst viel später stellte sich heraus, dass es sich bei dem Schreiben mit Stempel und Briefkopf der Stadt, um eine üble Fälschung handelte. Die Kündigung der Wohnung war nur ein alberner Scherz. Aber leider war das alte Paar da auch schon tot. Wer auch immer so etwas tat, sagte man in der Straße, musste durch und durch böse sein.

Und Oma Pusch nickte. So etwas konnte man doch nicht machen.

Das Böseste, was in ihrer Straße passierte, war aber, als jemand dem Amt und der Kasse einen Brief schrieb, dass die arme Frau Albert aus dem zweiten Geschoss verstorben sei. Die alte Dame war doch schon über neunzig, bettlägerig und darauf angewiesen, dass man jemanden zur Betreuung schickte. Nach zwei Wochen rief Oma Pusch dann selber das Amt an, um zu fragen, ob denn keiner mehr käme, um die arme Frau Albert zu versorgen. Als dann endlich jemand kam, war die alte Dame leider tatsächlich bereits verstorben.

Oma Pusch trug öfter schwarz, als jeder andere, den sie kannte. Zum ersten Mal trug sie das Kleid, als ihr Mann nach den Folgen eines Fenstersturzes verstarb. Dann hatte sie begonnen, das Kleid aus schwarzer Seide und dem dünnen Wollstoff liebzugewinnen.

Und nun stand Oma Pusch wieder an ihrem Fenster. Die weichen, runzeligen, lieben Arme auf dem buntgemusterten Kissen verschränkt und schüttelte sanft den Kopf. Das Briefpapier, das Stempelkissen, die Polaroidkamera und die Zeitungsausschnitte über diese traurigen Zwischenfälle lagen in der Truhe bei den Nähsachen. Ein Telefon brauchte sie nicht. Es rief ja doch keiner an, und was das Leben an Unterhaltung brachte, spielte sich unter ihrem Fenster ab. Direkt in ihrer Straße. Begleitet von Blaulicht und Leichenwagen.

Schöne Füße

Roger war aufgewühlt. Den ganzen Tag im Büro konnte er die fast kindliche Vorfreude auf seine neueste Errungenschaft kaum kontrollieren. Er zählte die Stunden. Und jede einzelne Minute, die ihn davon trennte, sich seinem Steckenpferd hinzugeben, schmerzte fast körperlich.

Sophia brachte ihm Kaffee. Wie unerträglich unangenehm, schoss es ihm durch den Kopf. Immer wieder, wenn die Gemeinschaftssekretärin den Raum betrat oder sich in seiner Nähe befand, wusste er genau, wie das Gegenteil seiner Leidenschaft auszusehen hatte. Rundlich, klobig, ungepflegt. Der Gedanke, sie so nah zu wissen, oder der Alptraum sie aus welchen Gründen auch immer irgendwann einmal nackt sehen zu müssen, erregte in ihm dasselbe Würgen, das ihn als jugendlichen Firmenbuchhalter nach einer schweren Fischvergiftung für Wochen aus der Bahn geworfen hatte. Mit demselben Ausmaß an Verachtung, das er Sophia und anderen Frauen ihres Kalibers entgegenbrachte, liebte er das Zierliche, vielleicht sogar Knochige mit leidenschaftlicher Zärtlichkeit. Gepflegt mussten sie sein. Dezent und zart. Er konnte sie stundenlang sehnsüchtig begehren. So wie er im Augenblick sein neues Glück begehrte.

Roger liebte Schuhe. Genauer gesagt, Damenschuhe der Größen 35 bis 38. Höchstens 39. Und er liebte Füße. Die Füße in den zu den Schuhen passenden Größen. Die Frau seiner Träume konnte sich aller abstoßenden körperlichen Mängel erfreuen, wie breite Narben, Hakennase, Haarausfall oder sich gänzlich der Schwerkraft ergebende Hängebrüste. Wenn sie nur so etwas wie Riemchensandalen oder Glattlederpumps an ihren zierlichen, wohlproportionierten und gepflegten Füßen trug. Seine Sammlung an Damenschuhen war an Quantität, aber auch höchstwertiger Qualität kaum zu übertreffen. Und sein Faible für die dazugehörenden Füße stand dem nicht im Geringsten nach.

Das letzte Paar, das er sich zugelegt hatte, war sehr dezent verziert und mit einem Hauch von Apricot aufs Verführerischste gestaltet.

Auch die Dunkelbraunen mit der zarten Strassapplikation erregten ihn immer wieder aufs Neue. Er hatte sie im vergangenen Herbst in seinen Besitz bringen können. Herbst, die Zeit, in der er lange suchen musste, um in die Nähe neuer Begierden gelangen zu können. Er fand sie, wie man eine volle Brieftasche neben einer gestifteten Bank im Park findet. Überraschend, zufällig und irritierend aufregend. Sie hatte ihn damals einfach angesprochen und nach dem Weg zur U-Bahn gefragt. Wie aus Reflex war Rogers Blick auf ihre Füße gefallen, und er hatte sich sofort verliebt. Gut, er hatte sie anfangs nicht so gut präpariert, und so sind sie ein wenig nachgedunkelt. Im Großen und Ganzen hatten sie allerdings keinen Schaden genommen, sondern vielleicht sogar noch ein wenig an Raffinesse gewonnen.

Die Exponate, die nicht in Schachteln auf edlen Mahagoniebrettregalen drapierbar waren, schwammen in Gläsern randvoll mit Formaldehyd.

Das zur Abtrennung notwendige technische Material hielt er ebenfalls fein säuberlich unter Verschluss. Getrennt nach Äther, Sägen, Scheren und Nahtmaterial verschiedener Stärken. Auch die Plane, die er für den Abtransport der entstehenden Reste in seinem Kofferraum zu benutzen pflegte, lag ordentlich gereinigt und auf neuen Einsatz wartend auf dem großen Tisch in der Ecke seines Hobbykellers. Roger war vorbereitet. Immer.

In der Enge der Straßenbahn zwang er sich, seinen Blick nicht tiefer als kniehoch sinken zu lassen. Er wollte sich nicht den Appetit verderben lassen. Wenn seine Augen sich dennoch weiter hinabziehen ließen, kniff er sich mit dem Daumennagel fest hinter sein Ohr. Dies war sein alter Konzentrationstrick. Mittlerweile war die Haut dort bereits so vernarbt, dass er schon lange nicht mehr blutete. So wie sich der Herzschlag bei einem ehemaligen Trinker angesichts einer papierverpackten Flasche Wodka beschleunigte, so stieg sein Blutdruck, wenn er an zierliche Füße in filigranem Leder dachte. Er konnte sie fast riechen. Eine junge Frau wurde im Gedränge eng an ihn gepresst. Sie zog sich an den Haltegriffen von Roger fort, in dem Glauben, seine Erektion gelte ihrem jugendlichen Körper.

An der nächsten Station stieg er aus. Es waren nur noch zwei Blocks. Fünfmal schwarz und sechsmal weiß, der Zebrastreifen. Eine Ampel, die Ballettschule, der Bettler, der sein linkes Bein immer so hinlegte, dass es aussah, als hätte er nur ein Rechtes. Gleich war er da.

Dann sah er sie. Für einen kurzen Moment war sein Herz nicht bei seinen Exponaten. Sie war in Begleitung einer älteren Dame, die sicher ihre Mutter sein konnte. Stiefel. Die alte Dame war nicht von Interesse. Er erkannte die junge Frau im Rollstuhl sofort. Die dicke, dunkle Brille in ihrem blassen Gesicht und die Decke über ihren Knien waren neu. So hatte Roger sie noch nie gesehen. Er lächelte sie freundlich an. Im selben Moment machte sich in ihm nahezu zärtliches Verständnis breit. Selbstverständlich konnte sie ihn nicht wiedererkennen.

Sie konnte ihn ja noch nicht einmal sehen. Er sammelte schließlich nicht nur schöne Füße, sondern hatte auch eine Leidenschaft für schöne Augen.

Sein bestes Stück

Sie konnte die beiden aus der Garage kommen sehen. Die wenigen Schritte bis zum Haus liefen die Männer nebeneinander her, als wären sie der Nabel der Welt. Ihr Mann Heinz, groß, früher sicher sportlich, jetzt mit wachsendem Bauchansatz und Stefan, klein, drahtig und mit dem Blick eines Wiesels. In der Garage hatte Heinz seinem Freund die neue Errungenschaft gezeigt. Der weiße Bentley war Heinz' neues »bestes Stück«. Die genaue Bezeichnung des Wagens lautete Bentley Continental GTC 4.0 V8.

Sie wusste es deswegen so genau, weil Heinz in den letzten Tagen kaum über etwas anderes sprach. Stefan war in der vergangenen Woche bestimmt schon der Fünfte aus dem Freundeskreis ihres Mannes, dem der Wagen präsentiert wurde. Heinz konnte nicht leben, ohne anzugeben.

Für Irina war es durchaus ein schönes Auto, aber eben nur ein Auto.

Beide Männer kamen durch den Eingang in der Küche, ohne sich die Füße abzutreten. Irina schimpfte nicht. Es machte keinen Sinn. Außer einem bösen Blick ihres Mannes und einer Rüge vor Stefan hätte es nichts gebracht.

So kam Heinz lediglich auf sie zu, zog sie demonstrativ kurz an sich heran und schlug ihr auf dem Weg ins Wohnzimmer noch einmal mit der Hand auf den Po. Sie ließ ihn gewähren. Sie hatte schon lange aufgegeben, ihn zu bitten, so etwas zumindest vor Dritten zu unterlassen.

Als sie den Männern Getränke brachte, konnte sie Heinz schwadronieren hören.

»Tja, zu Land, zu Wasser, in der Küche und im Bett. Überall vom Feinsten. Wer kann, der kann. Und ich kann.« Sein Lachen klang schwer.

Wieder schlug er ihr auf den Po, als sie das Tablett nahm und das Wohnzimmer verließ.

So war es wohl. In der Garage stand das, was er als bestes Stück bezeichnete, gleich in mehrfacher Ausführung. Denn der Bentley war lediglich »das neueste beste Stück«.

Am See lag sein Motorboot, und die Frage, wer das »beste Stück« in Küche und Bett war, stellte sich gar nicht erst.

Nach dem gemeinsamen Abendessen verabschiedete sich Stefan von seinem Gastgeber. Es machte Heinz dabei nichts aus, dass sein Freund ihm noch mit einem Augenzwinkern eine schöne Nacht mit seinem besten Stück wünschte. Ganz im Gegenteil. Es machte ihn sogar offen stolz. Wenn es nach ihm gegangen wäre, dann dürfte man Tribünen um sein Bett bauen, um ihn bei seinen Heldentaten zu bewundern. Aufmerksamkeit und Neid erregten ihn. Irina lächelte kühl, sagte nichts und schob die Tür hinter Stefan zu.

Seit sechs Jahren waren sie verheiratet. Kennengelernt hatten sie sich über Interfriendship. Eine Website, auf der Frauen aus Osteuropa Männer aus der ganzen Welt kennenlernen konnten.

Noch heute warb die Seite damit, die Nummer eins und Testsieger unter den Single-Börsen ihrer Art zu sein. Eigentlich war es Irinas Freundin Raissa, die dort Anschluss und Kontakt zu einem wohlhabenden Mann aus Deutschland gesucht hatte.

Sie hatten Spaß, lachten über die Art, wie sich die Männer im Internet präsentierten und schrieben den ein oder anderen an. Über die Antworten konnten sie sich stundenlang amüsieren. Viele der Männer gingen davon aus, dass sich auf der anderen Seite ausschließlich junge Frauen befanden, die vom Leben keine Ahnung hatten. An Hochmut und Arroganz waren hier viele männliche Besucher kaum zu übertreffen.

Raissa und Irina kannten sich aus der Zeit auf der Universität, und letztendlich war es dann Irina, die auf das Profil von Heinz stieß. Sie begann, mit diesem gemütlichen Mann aus Deutschland hin und herzuschreiben.

Sowohl Raissa als auch sie hatten neben ihrem Hauptstudium noch die Fächer Deutsch und Englisch belegt. Sie konnten sich problemlos verständigen, ohne wie zahlreiche andere Frauen lange radebrechen zu müssen.

Es folgten Besuche in seinem großen Haus und irgendwann dann auch der Beschluss, mehr daraus zu machen als eine lose Freundschaft.

Dass Heinz sich nicht für ihre Vergangenheit interessierte, tat ihr am Anfang weh. Mittlerweile war es ihr egal. Er sagte, dass sie im Hier und Jetzt lebten und sie sich für ihr altes Leben nicht schämen müsse. Dass sie das gar nicht tat, juckte ihn nicht.

Er half ihr, ihre Familie in St. Petersburg zu unterstützen und ließ sie zweimal im Jahr dort hinfahren. Mitkommen wollte er nie. Die Armut bekomme ihm nicht, meinte er. Und Irina fragte sich, ob er wusste, was er da von sich gab. Als sie ihm bei den ersten gemeinsamen Essen von ihrem Studium erzählen wollte, winkte er ab. »Eine schöne Frau wie du muss gar nicht so klug sein.« lachte er damals, und Irina glaubte, er sagte es um sie zu necken. Heute wusste sie es besser.

Sein bestes Stück zu Wasser war seine Motoryacht. Es war eine Performance 1407. Das mit Abstand größte Modell dieser Werft. 14 Meter lang und 3,70m breit.

Mit zweimal 632 PS war die Yacht definitiv übermotorisiert, aber für Heinz kam nichts anderes in Frage.

Auch wenn Irina dieses Boot hasste, musste sie sich doch eingestehen, dass die Performance mit der Sonderlackierung in hellem Blaumetallic wirklich beeindruckend war. Das Boot lag in einem Hafen am Südufer des Gardasees. Von ihrer kleinen Ferienwohnung in Sirmione mussten sie nur wenige Minuten fahren, um den Hafen zu erreichen. Irina mochte die Region sehr, aber der Ton, mit dem Heinz das zu Wasser lassen seines Bootes anordnete, war ihr zuwider. Die Anrufe im Büro des Hafens hatten meist den Klang eines Feldwebels. Außerdem bemühte sich Heinz nicht einen Moment darum, Italienisch zu sprechen. Er war Deutscher, und so hatten ihn auch alle zu verstehen.

Es gab für Irinas Mann kaum einen größeren Genuss, als sich in seinem Cockpit von Freunden oder Gästen des Hafens bewundern zu lassen. Und sie wusste auch, dass er die eine oder andere Runde mit einer der willigen Prostituierten gedreht hatte, die im Sommer dort einfielen wie die Mücken.

Für Irina waren die Stunden an Deck oft eine Qual. Sie konnte keinen Reiz daran finden, in großer Hitze auf einem gewaltigen – wenn auch optisch schönen – Stück Plastik auf einem Binnengewässer zu treiben.

Das ständige, sanfte Auf und Ab verursachte ihr immer noch Übelkeit, und der Mangel an Schatten löste Kopfschmerzen aus. Am Schlimmsten aber war es, wenn Heinz ankerte und dann in einer der Kabinen verschwand. Sie wusste, was er dann von ihr erwartete und ließ es auch nicht mehr auf Streitereien ankommen. Sie folgte ihm und tat das, was er als »Spaß an Bord« bezeichnete.

Und sie hoffte, dass die Zeit verflog, bis sie wieder an Land gehen konnte. Anfangs fragte sich Irina, ob sie ihrem Mann nicht hätte dankbarer sein müssen. Mittlerweile hasste sie ihn für die Art, wie er über sie bestimmte.

Nach sechs Jahren Ehe war es nun an der Zeit, die Dinge zu ändern. Irina wusste, dass sie ohne Heinz nicht weit käme. Der Ehevertrag regelte ihr Leben eher zu ihren Ungunsten. Zumindest was eine mögliche Scheidung betraf.

Und sie hatte in den letzten Jahren einfach zu viel einstecken müssen, um nun mit leeren Händen dazustehen.

»Du räumst auf, dann hol ich dich später ab.« Ihre Idee, dass er so ein weiteres Mal in den Hafen einlaufen könnte, hatte ihn überzeugt. Er fasste seine Frau im Genick und drückte ihr einen feuchten Kuss auf die Lippen.

»Dann lassen wir es uns gutgehen. Es wird richtig heiß.« schmunzelte er und betonte das »ß« genau so, wie sie es hasste. Irina musste sich fast übergeben.

Im Badezimmer cremte sie seinen Rücken ein. Das Sonnenöl verfing sich in den ergrauten Haaren auf seinen Schultern und der noch dichteren Wolle in Richtung Gesäß. Er genoss das Ritual des Eincremens.

Nicht selten erregte es ihn derart, dass Irina noch mit öligen Fingern von ihm aufs Bett gedrückt wurde, wo er mit der Fettschicht auf seiner Haut die teure Bettwäsche tränkte. Sobald er damit fertig war, konnte Irina dann erneut damit beginnen, ihm Schultern, Rücken, Beine und den Rest seines in die Jahre gekommenen Körpers einzureiben.

Das heutige Eincremen hatte glücklicherweise nicht diesen erregenden Effekt, auch wenn sie es dieses Mal ganz besonders genau nahm. Während sie die Lotion auf ihm verteilte, wies sie auf den Wetterbericht hin. Er lachte und schlug ihre Warnungen in den nicht vorhandenen Wind. Nun gut. Sie hatte ihn gewarnt.

Als Irina sich das zweite Glas Wein bestellt, muss sie lächeln. Das Café im Hafen hatte alle verfügbaren Sonnenschirme aufgestellt, aber ohnehin ist die Hitze für Irina heute kein Problem.

Es ist, wie angekündigt, der heißeste Tag des bisherigen Sommers geworden. Gute 38 Grad im Schatten. Nicht auszudenken, wie heiß es wohl ohne Sonnenschirm wäre.

Heinz scheint sich zu verspäten, aber sie hat es nicht eilig. Im Gegenteil. Um niemanden auf den Gedanken zu bringen, dass sie sich um ihren Gatten sorgt, läuft Irina nochmal die Promenade entlang. Die klimatisierten Geschäfte kühlen ihren Körper und entspannen ihren Geist. Schon bald lässt die Strahlkraft der Sonne nach. Es ist Zeit, die Polizei zu rufen.

Kurz nach Sonnenuntergang finden sie ihn. Es war nicht allzu schwer. Seine Performance ist eines der schönsten und auffälligsten Boote hier auf dem See.

Ihn selbst findet man, wie sie erwartet hatte, an Deck. Die Haut mit geplatzten Hitzeblasen übersät. Die Augen geöffnet und trübe. Es musste ein Hitzschlag gewesen sein, der ihm das Bewusstsein genommen hat. Aber verstorben ist er an den extremen Verbrennungen. So sagt es der Arzt, der den Totenschein ausstellt.

Die Mischung in der Sonnencreme hatte ihn ja auch nicht wirklich umgebracht. Sie sorgte letztendlich nur dafür, dass die Sonnenein-strahlung auf der Haut sich um ein Zwanzigfaches intensiver aus-wirkte. Ein Vielfaches mehr als ein menschlicher Organismus verträgt. Lange hatte sie überlegt, ob sie auf einen natürlichen phototoxischen Stoff oder auf eine Radikal bildende Lösung zurückgreifen sollte.

Nachzuweisen waren beide Möglichkeiten nach über sieben Stunden kaum noch.

Ja, Irina konnte gut kochen und war sicherlich eine Granate im Bett. Da hatte Heinz recht.

Dass sein bestes Stück auch noch die Jahrgangsbeste ihres Chemie-studiums war, hatte ihn nie interessiert.

Das Eisfach im Hotel

Ich sitze hier im Hotel und taue das Eisfach ab. Ich hasse es, wenn sich Türen nicht richtig schließen lassen. Auch das hatte sie wieder einmal geärgert. Seit ich denken kann, macht sie sich über meine Gründlichkeit lustig.

Ich hatte gedacht, dass ihr dieser Ausflug gefällt. Dass die Nörgelei endlich ein Ende hat. Ich hatte mich getäuscht. Schon wieder.

Das sonore Summen des Kühlschranks ist schon lange einer beinahe mitternächtlichen Stille gewichen. Natürlich werde ich ihn wieder einschalten. Sobald ich hier fertig bin. Alles soll seine Richtigkeit haben.

Ich habe keine Ahnung, seit wann Hotelsuiten nicht nur über Minibars, sondern gleich über komplette Gefrierkombinationen verfügten. Aber es ist definitiv praktisch. Es lässt mir mehr Zeit. Die Suite besteht aus drei Zimmern, einem großen Essbereich und einem riesigen komplett gefliesten Bad. Auch das Bad ist praktisch. Eventueller Schmutz an den Wänden lässt sich bequem abspülen. Die »Notknöpfe« an der Dusche und am WC zeigen mir, dass die Räume auf Senioren eingerichtet sind. Über die Notknöpfe könnte man Hilfe rufen, wenn man gestürzt ist oder eben Hilfe braucht. Wenn man sie denn noch erreichte.

Die letzten beiden größeren Eisplatten lösen sich. Jetzt lässt sich der Arm besser platzieren. Mit einem leisen Schmatzen kann ich die Gefrierschranktür nun schließen. Ich stelle den Schrank wieder an und verlasse den kleinen Raum.

»Gute Nacht, Mutter!«

Keine Hoffnung

»Und Sie sind sicher?«

»Absolut! Es tut mir leid. Ja!«

»Wie lange noch?«

»Drei Monate. Vielleicht auch nur sechs Wochen. Mit ein bisschen Glück, ein halbes Jahr. Aber dann...«

»Was aber dann?«

»Dann wird das Siechtum noch mehr Zeit haben, sich in Ihrem Körper auszubreiten. Die Zeit wird dann vermutlich noch deutlich schmerzhafter als alles, was Sie bisher erlebt haben.«

»Schmerzhafter?«

»Ich möchte Ihnen keine Angst machen, aber gegen das, was Ihnen dann bevorsteht, können wir auch palliativ nicht mehr vorgehen. Dann hat selbst Morphium seine Grenze erreicht.«

»Und es gibt gar nichts, was ich tun kann? Am Geld soll es nicht scheitern, Sie wissen...«

»Sie können natürlich gerne eine Zweitmeinung einholen. Soll ich Ihnen einen Kollegen rufen?«

»Nein, nein. Ich vertraue Ihnen. Es ist nur...«

»Es tut mir leid. Medizinisch ist hier nichts mehr zu retten.«

»Es ist grauenhaft.«

»Ja, es tut mir leid. Das ist es in der Tat.«

»Sie sagten...«

»Ja, bitte?«

»Sie sagten, medizinisch sei bei mir nichts mehr zu retten.«

»Ja... Und über andere Wege brauchen wir auch gar nicht zu sprechen.«

»Bitte. Ich bitte Sie inständig. Was meinen Sie mit *andere Wege*?«

»Es ist mir nur so herausgerutscht. Es gibt keine anderen Wege. Die Schulmedizin ist bestens ausgebildet, was Ihre Krankheit angeht. Aber irgendwann sind auch hier Grenzen erreicht.«

»Es ist Ihnen nicht einfach so herausgerutscht! Ich bitte Sie! Da ist doch etwas, das Sie mir verheimlichen. Ich muss es wissen. Gibt es eine Chance?«

»Nein! Nein! Nein! Vergessen Sie das! Ich halte nichts von so etwas. Reine Beutelschneiderei und Scharlatanerie. Bisher hat es kaum Erfolgsberichte gegeben. Alles Lug und Trug!«

»Kaum Erfolgsberichte? Das heißt, es gibt Erfolgsberichte? Das können Sie mir nicht antun. Bitte. Helfen Sie mir! Sie können es nicht zulassen, dass ich es nicht wenigstens versuche.«

»Mein Bester. Es hat keinen Sinn. Bei Ihnen ist die Krankheit vermutlich viel zu weit fortgeschritten.«

»Bitte. Bitte sagen Sie mir wovon Sie sprechen. Gibt es eine Methode, die den medizinischen Weg - sagen wir – unterstützen kann?«

»Ich möchte Sie mit solchen Dingen nicht belasten und unnötig Hoffnung streuen.«

»Aber wenn es doch noch eine Hoffnung gibt? Und sei sie noch so klein. Ich muss wissen, wovon Sie sprechen.«

»Nun – und das sage ich Ihnen unter größter Abscheu und in der festen Überzeugung, dass es der falsche Weg ist – es soll da jemanden geben.«

»Jemanden? Wer? Wo? Ein Arzt? Ein Heiler?«

»Es ist eine Frau. Man sagt – und ich weise erneut darauf hin, dass ich persönlich kein Wort davon glaube – dass sie schon ein oder zwei Fälle ihrer Art geheilt habe.«

»Wo kann ich sie finden? Bitte sagen Sie mir, wo ich diese Frau finden kann.«

»Nein. Nein. Lassen wir das! Ich merke doch jetzt schon, dass Sie sich dort in etwas hineinziehen lassen, was Ihnen nicht gut tut. Sie sind bereits jetzt zu schwach für jede Behandlung. Schonen Sie sich die letzten Wochen und genießen Sie die Zeit, die Ihnen noch bleibt.«

»Ich muss wissen, wo ich diese Person finde. Sie können mir nicht einen Strohhalm reichen und ihn mir dann wieder aus der Hand schlagen. Das können Sie nicht tun.«

»Lassen Sie uns weiter machen wie bisher. Ich gebe Ihnen ihre Vitaminspritze und Sie gehen nach Hause und...«

»Ich gehe nirgendwohin. Geben Sie mir die Adresse. Einen Namen. Einen Hinweis. Ich muss diese Frau sprechen. Koste es, was es wolle.«

»Aber Herr...«

»Nein! Kein aber. Was kann ich Ihnen geben? Ich gebe Ihnen alles, was Sie wollen, wenn Sie mir nur ihren Namen sagen.«

»Mein Bester, jetzt beleidigen Sie mich aber. Sie glauben doch nicht allen Ernstes, dass ich Geld von Ihnen nehmen würde, um Sie dann in den Händen einer... einer... Hexe zu wissen.«

»Ist sie das? Eine Hexe? Es ist mir egal. Wenn *Sie* schon von ihr gehört haben, dann ist sie meine letzte Hoffnung. Ich bitte Sie inständig. Bitte. Geben Sie mir ihren Namen.«

»Nun denn... ich müsste eben telefonieren, um...«

»Ja, ja, tun Sie das. Telefonieren Sie. Oh mein Gott. Bitte ja. Ich spüre es. Sie wird mich retten. Ich weiß es genau.«

»Mit Verlaub. Meine Meinung über Ihren Zustand kennen Sie.«

»Ja. Die kenne ich. Sie haben mich aufgegeben. Für Sie bin ich in sechs Wochen oder drei Monaten ein toter Mann. Aber ich lebe noch. Ich lebe.«

»Mein Bester. Kein Grund schroff zu werden. Warten Sie.«

»...«

»*Hier Praxis Prof. Dr Schliermann. Ja? Ja! Sie wissen, dass ich.... Ja. Ich kann meinen Patienten nicht davon abbringen, dass er Sie sehen... Erst in einem Jahr?*«

»Nein!!! Bitte! Ich gebe alles, was ich habe. Nicht in einem Jahr. Sofort! Heute noch. Bitte. Alles, was ich habe.«

»*Ja... Sie haben gehört, was mein Patient sagt? Es müsste noch in dieser Woche passieren.*«

»Bitte. Ja.«

»Eine Million??? Sie sind ja wahnsinnig!!! Niemals!«

»Ich gebe ihr zwei. Ich gebe ihr drei Millionen. Bitte. Bitte lassen Sie nicht zu, dass sie ablehnt.«

»Sie hören, dass ich ihn nicht zurückhalten kann. Nun denn. Ich werde ihn nicht aufhalten, wenn er in sein Verderben rennen möchte. Er ist mein Patient, aber er ist auch ein mündiger Mensch. Für mein Befinden spielen Sie mit der Angst und der Hoffnungslosigkeit kranker Menschen. Ich verabscheue das zutiefst. Er wird sich noch heute bei Ihnen melden. Leben Sie wohl!«

»Danke! Tausend Dank! Seien Sie versichert, dass ich Sie immer bewundert habe. Sie sind ein Arzt mit Charakter. Ein Mensch, der einem auch die Wahrheit ins Gesicht sagt, selbst wenn sie bitter und schmerzhaft ist. Ich werde Sie weiter empfehlen. Ich spüre es. Ich muss nicht sterben. Glauben Sie mir. Es gibt noch Hilfe.«

»Ich entlasse Sie ungern. Sie wissen, dass Sie immer noch jederzeit zu mir kommen können. Ich gebe Ihnen dann etwas gegen die einsetzenden Schmerzen. Schon bald werden sie kaum noch auszuhalten sein.«

»Nein! Es geht mir schon jetzt besser. Die Hoffnung heilt auch ein bisschen, habe ich mir sagen lassen. Lassen Sie sich umarmen. Vielen Dank. Tausend Dank. Sie sind ein guter Mensch.«

»Auf Wiedersehen mein Bester.«

»Auf Wiedersehen Herr Professor. Auf Wiedersehen. Und nochmals vielen Dank.«

»Ja.... ich bin's wieder. Er ist auf dem Weg. Ein Nervenbündel. Es wird ganz einfach sein, er ist bestens vorbereitet. Lass ihn noch ein bisschen zappeln, und dann kannst du ihn ja »heilen«. Bis morgen, Liebes.«.

Ein wunderbares Paar

Er ist pünktlich. Und er bringt ihr Blumen mit. So wie jeden Freitag. Die Witwe von gegenüber winkt ihm zu. Sie ist seit Jahren immer ganz gerührt, wenn sie sieht, wie die beiden miteinander umgehen. Stets hält er seiner Frau die Tür auf, wenn sie ins Auto steigen. Er hilft ihr in den Mantel, lächelt sie an und trägt die Tüten ins Haus, wenn sie vom Einkaufen kommen. Und er fährt sie zum Arzt, wenn es ihr mal nicht gut geht.

Im Gegenzug kennt und kocht sie ihm seine Lieblingsmahlzeiten, hält das Haus und den Garten sauber, streitet sich nicht mit ihm in der Öffentlichkeit und ist ihm die beste Ehefrau, die er sich wünschen kann. Frank und Heide sind das harmonischste und glücklichste Ehepaar in der ganzen Straße. Wenn nicht im ganzen Ort.

Sie sind zu beneiden.

Die Witwe wendet sich ab, lächelt und schließt die Tür. So viel Glück wirkt beruhigend. Vor allem in Zeiten, in denen man überall von Trennungen, Mord und Totschlag liest und hört.

Frank zieht die Tür hinter sich ins Schloss und ruft nach seiner Frau. Er hört sie im Obergeschoss und weiß, dass sie gleich zu ihm in die Küche kommen wird. Er kommt gerade rechtzeitig und greift nach einer Vase aus einem der Oberschränke. Heide hat sich schon einen Tee zubereitet, und sein Kaffee dampft auch schon in der Maschine. Es ist alles so viel leichter, als er befürchtet hat. Seine Tasse steht schon neben der Kaffeemaschine. *Frank* steht gleich neben dem geschwungenen Keramikhenkel. So wie auf ihrer Tasse *Heide* steht. Früher hatten sie darüber gelacht, dass sie sich im Alter so leichter an sich selbst und den anderen erinnern könnten.

Im Alter. Wenn sie zusammen in Schaukelstühlen auf der Terrasse säßen und auf ihr langes gemeinsames Leben zurückschauen würden.

Dieses wunderbare, harmonische, langweilige Leben, in dem nichts passiert. Das sich grauenhaft und zäh wie Kaugummi über Tage, Monate, Jahre zieht und ihm jeden Tag ein großes, stummes »Soll das alles gewesen sein?« entgegenschreit.

Soll das alles gewesen sein? Beruflich ausreichend erfolgreich, ausreichend angesehen und integriert in ihrem Umfeld, ausreichend abgesichert und ausreichend glücklich verheiratet?

Ausreichend? Ausreichend bedeutet im Schulnotensystem eine 4. *Ausreichend*. Weit weg von *gut* oder *sehr gut*. Das weiß er auch, ohne dass er je ein eigenes Kind in die Schule hat begleiten dürfen. Ihre Ehe ist kinderlos geblieben. Er hat keine zeugen können und sie konnte auch keine gebären. Irgendein Defekt an den Eierstöcken. So steht es auch hier eins zu eins. Beide sind gleich schuldig oder eben unschuldig. Es ist nicht so, dass er sie nicht mehr liebt oder nicht glücklich ist.

Er ist unglücklich *und* er hasst sie wie die Pest. Die Art, wie sie spricht, wie sie kaut, wie sie in sich hineinkichert, wenn sie auf dem Sofa sitzt und Kreuzworträtsel löst. Ihre Beine auf dem Wohnzimmertisch, ein paar Kekse neben sich auf dem Polster.

Er hasst die Art, wie sie sich mit Dingen abfindet. Dass sie oft schon weiß, was er denkt, bevor er es ausspricht. Und wie sie jeden Tag mit derselben Laune beendet, mit der sie ihn beginnt. Sogar das Lächeln, wenn sie ihm sein Essen serviert, hasst er. Aber er zeigt es ihr nicht.

Nun sollen sich die Dinge ändern. Er hat ihr gesagt, dass er etwas früher käme. Er müsse mit ihr reden. Sie lächelte nur, legte ihren Kopf ein wenig schräg und nickte.

Ein Blick auf den Ofen verrät ihm, dass Heide das Essen schon vorbereitet hat. Das ist gut. Sie würde es nachher nur aufwärmen müssen. Theoretisch.

Es wird alles gut werden. Irgendwie.

Heide kommt in die Küche und lächelt. Irgendwas scheint anders. Frank überlegt, ob er eine neue Frisur oder ein neues Kleid bemerken müsse, aber sowohl die Frisur ist seit Jahren unverändert, als auch das Kleid alt und bekannt.

Sie schenkt ihm seinen Kaffee ein, gibt etwas Milch und einen Löffel Zucker dazu und stellt die Tasse vor Frank ab. Dann setzt sie sich ihm gegenüber, stützt ihre Ellbogen auf den ovalen Kiefernholztisch und schaut ihn an.

Die Stille zwischen ihnen beiden breitet sich aus wie ein übler Geruch. Und es hätte Frank nicht gewundert, wenn die Blumen auf dem Tisch zu welken begonnen hätten. Wieder legt Heide den Kopf schräg.

»Wie war dein Tag?«

Frank überlegt einen Moment, was passierte, wenn er ihr wirklich sagt wie seine letzten Tage ausgesehen hätten. Er blickt auf seine Fingerspitzen und atmet tief ein.

»Ich möchte mich von dir scheiden lassen.«

»Du möchtest mich loswerden?«

»Nein. Ich möchte nur weg hier. Raus hier.«

Heide lächelt. »Ich möchte aber nicht raus hier.«

»Ich will nicht einen Tag länger so leben.« Frank spricht gepresst. Ihre stetig gleichbleibende Art macht ihn beinahe wahnsinnig.

»Das musst du auch nicht. Keiner zwingt dich dazu.« Heide lächelt immer noch.

»Wozu? Wozu zwingt mich keiner?« Er sieht, wie seine Frau ihren noch heißen Tee mit zwei Schlucken leert. Er hasst die Art, wie sie trinkt.

»Dazu, einen Tag länger mit mir hier zu leben.«

Es dauert etwa fünfundvierzig Sekunden, bis ihr Blick sich trübt. Dann rutscht sie langsam nach vorn und schließt die Augen. Es sieht aus, als ob sie schliefe.

Frank steht auf, nimmt ihr mit einem Tuch die Tasse aus der Hand und spült sie mit Wasser aus, bevor er sie wieder hinstellt und etwas Tee nachschenkt.

Dann dreht er sich um. Mit einem Klick stellt er den Gasofen an. Es ist alles vorbereitet. Der Herd ist präpariert. Allzu lange wird es nicht dauern.

Sie war so kooperativ. Jetzt liegt sie da. Mit dem Kopf neben der Tasse. Nichts wird ihm nachzuweisen sein. Frank betrachtet Heide und versucht sich daran zu erinnern, wie sie früher war. Wie sie beide waren. Dann greift er nach seinem Kaffee. Ja, das konnte sie. Kaffee kochen und Ordnung machen.

Durch das Küchenfenster kann er hören, wie sich ein junges Paar auf der Straße streitet. Beide steigen in einen Wagen und fahren davon. Er muss lächeln. So sollte das Leben sein. Laut, leidenschaftlich und schnell.

Seine Beine werden taub, und er fragt sich, ob er nun doch noch unsicher wird. Was ist anders? Er setzt sich wieder und blickt Heide an. Das Gas kann es noch nicht sein. Das wird noch ein paar Minuten dauern. Der Kaffee schmeckt so wie sonst auch. Aber die Wirkung ist eine andere. Sein Kopf sinkt neben die Tasse. Wieso hat sie während des ganzen Gesprächs gelächelt?

Er hat Recht. Niemand wird Verdacht schöpfen. Es ist ein trauriger Unfall. Tod durch eine Gasvergiftung. Und sogar beim Sterben bleiben sie vereint.

So ein glückliches Paar. Sie sind zu beneiden.

Von Fred und Carla

Fred denkt sich, wie ist's doch herrlich,
dieser Urlaub, diese Pracht
und freut sich – er ist da ehrlich –
über die vergangne Nacht.

Grinst in sich rein und lacht zur Sonne.
Ein fünf Dollar-Scheinchen nur,
verhalf ihm wieder mal zur Wonne.
Freude gibt's für Geld hier pur.

Und weils soviel Spaß ihm macht,
Fred ist da nun wirklich eigen,
hat er sie gleich umgebracht,
er wollt ihr's halt richtig zeigen.

Ein schöner Tag, nichts wie ins Meer,
sagt Fred zu sich, springt in die Flut.
Er ist Genussmensch, bitte sehr,
und außerdem wäscht's ab das Blut.

Die Carla, an ganz andrer Stelle,
die hatte auch 'ne schöne Nacht.
Sie macht sich lang genießt die Welle
und schaut, was die Verdauung macht.

Dreht ihre Kreise, denkt sich dann,
bin satt zwar, aber unentbehrlich
bräucht' ich zum Dessert irgendwann
noch irgendetwas gut verzehrlich.

Es sei gesagt, nur nebenbei,
nur so am Rand, eh wir's vergessen,
die Carla ist ein weißer Hai,
die ungern stoppt, ist sie beim Essen.

Es war doch klar, fast wär's gelacht,
von weitem sieht die Carla Fred.
Noch schnell ein Bäuerchen gemacht,
der passt noch rein in die Diät.

Dem Fred der mit entspannten Zügen
am Riff hier die Erholung sucht,
will Carla gleich entgegenpflügen,
Fred sieht die Flosse spät und flucht.

Mit einem herzensfrischen Krachen
ist Fred gleich weg mal bis zur Lende,
der Rest von ihm in Carlas Rachen
zuckt noch ein bisschen, dann ist Ende.

Noch lebt Fred, doch er kann nichts sagen,
sieht an sich runter auf den Bauch.
Vor ihm sein Darm, rot wie der Magen,
wie ein gewundner Gartenschlauch.

Mit einem Haps holt Carla munter -
Fred hat das anders stets gemeint -
den Rest von Freddi rasch herunter.
»Mein Liebster, jetzt sind wir vereint.«

Und die Moral von der Geschicht´
mag jeder nur erahnen,
denn eine solche gibts hier nicht,
der Autor will nur warnen.

Ist noch so schön an Land dein Leben,
es ist doch anders unter Wasser.
Kannst Gold und Geld den Hasen geben,
ein Haifisch sieht das deutlich krasser.

Die Fütterung

Die Lichter gingen an. Immer eine halbe Stunde vor Sonnenaufgang. Sommer wie Winter. Nun schon im neunundvierzigsten Jahr. Bald würde sich das Ende des Krieges zum fünfzigsten Male jähren. Dann würden die Offiziellen wieder mit Hubschraubern in die verschiedenen Lager einfliegen und groß über die Fortschritte schwadronieren. Wahrscheinlich würden sie auch an dem Entertainmentprogramm teilnehmen, sich amüsieren, vielleicht ein bisschen jagen, um dann in der nächsten Sektion alles noch mal zu wiederholen. Die Offiziellen verschwanden dann wieder für gute fünf Jahre, und niemand wusste, wie und wo die Herrschaften in ihren Anzügen und feinem Zwirn die Zeit zwischen ihren Besuchen verbrachten.

Im TV konnte man immer nur die verschiedenen Studios der Sektionen sehen. Manchmal zeigte eine der Außenkameras auch, wenn sich draußen die Anderen zusammenrotteten, um sich dann gegenseitig zu jagen. Und hin und wieder wurde übertragen, wenn sie sich an den Zäunen und Gattern versuchten. Die Bilder der Anderen, die sich unter den Elektroschocks wanden, um dann nach Minuten als dampfender Haufen organischen Materials zu verenden, sollten die Bewohner von der Sicherheit der Lager überzeugen. Hier kam niemand herein, der nicht hier hin gehörte. Es sei denn, es gehörte zum Entertainmentprogramm.

Der Grund für den letzten Krieg war schon lange aus den Köpfen der Überlebenden gewichen. Es musste um Gas, Geld, Öl oder Wasser gegangen sein. Um Rechte und Preise.

Jon interessierte das alles nicht. Er lebte wie alle anderen auch schon neunundvierzig Jahre hier. Umzügler gab es nicht. Man lebte dort, wo man damals das nächste Lager finden konnte. Sonst überlebte man eben nicht. Diejenigen, die einigermaßen gesund geblieben waren und nicht zu viele Missbildungen hatten, kamen in diese Anstalten und richteten sich hier ein.

Die Anderen lebten da draußen. Vor den Mauern der Anstalten und ferngehalten durch die elektrischen Zäune. Mittlerweile gab es hier schon die dritte Generation, die es gar nicht anders kannte.

Früher, also vor dem Krieg, wurden die Gebäude als große Kliniken und Krankenhäuser benutzt. Manche Lager waren auch ehemalige Forschungsstationen. Dort wurden die Anderen nicht nur für das Entertainmentprogramm, sondern auch noch zur Ausbildung verwendet. Mehr als 4000 Menschen lebten in diesem Lager. Damit galt die Sektion als mittelgroß. Jon wusste das, weil er als erster Pfleger die Statistiken kannte.

Jon war Mädchen für alles. Wenn es irgendwo klemmte, jemand ungeplant verstarb, eine Geburt oder eine Reparatur anstand, gehörte er zu den Pflegern, die gerufen wurden. Es gab wenige wie ihn im Lager.

Nach Kriegsende fand er irgendwie den Weg hierher. Sechs Jahre war er damals alt. Aus seiner Familie war er vermutlich der einzige, der es geschafft hatte. Er war froh, dass ihn die Medikamente fast alles aus dieser Zeit hatten vergessen lassen. Nur selten hörte er nachts im Traum noch das Knacken seiner Schwestern und seiner Eltern, als die Anderen sie aufgespürt hatten. Er hoffte, dass keiner übrig geblieben war und jetzt zu den Anderen gehörte. Diese Gedanken waren für viele Jahre die schlimmsten.

Als erster Pfleger durfte sich Jon in allen Teilen des Gebäudes bewegen. Das war nicht unwichtig, denn die möglichen Teilnehmer des Entertainmentprogramms kamen manchmal auf die Idee, sich im Keller oder hinter den Generatoren zu verstecken, um ihrer Teilnahme zu entgehen. Auch das war einer der Gründe, warum die Entscheidung erst kurz vor der Veranstaltung bekanntgegeben wurde. Nur die ersten Pfleger hatten Einsicht in die Statistik. Jon war mittlerweile lange genug dabei, dass er sich einen Pflegeassistenten auswählen durfte. Aus dreien der Jungs, die sich schon durch handwerkliches Geschick ausgezeichnet hatten, wählte er Adrian aus.

Der Junge gehörte zu den Kindern, bei denen Jon die Geburtshilfe durchgeführt hatte. Da Adrians Mutter auf der Liste der Kandidatinnen stand, musste der Bursche zwei Wochen früher geholt werden als geplant.

Die Entertainments-Richtlinien besagten nämlich, dass immer nur ein Kandidat am Programm teilnehmen durfte. Ein ungeborenes Kind in dieser Entwicklungsstufe hätte schon als zweite Person gezählt, und das wäre nicht konform zu den Bedingungen gewesen. Jon erinnerte sich oft daran, wie die Frau aus der Anästhesie erwachte und um ihr Kind bat. In der Regel wurde vermieden, dass es in solchen Fällen noch zu einer Bindung zwischen Mutter und Kind kam. Aber Jon hatte an dem Tag einfach das Gefühl, das Richtige zu tun. Fünf Tage später nahm Adrians Mutter an der Veranstaltung teil. Und Jon beaufsichtigte in den folgenden Jahren die Entwicklung des Jungen.

Was Adrian unter anderem auszeichnete, war seine herzliche Freude an den Dingen, die er tat. Die Art, wie er mit einem freundlichen Lächeln die Lampen und Medikamente der älteren Bewohner kontrollierte, und wie er die Anderen an das Elektrogitter lockte, wenn Filmaufnahmen anstanden, war einfach überaus sympathisch.

Lediglich sein großes Interesse und seine Freude an dem Entertainmentprogramm ging Jon manchmal auf die Nerven.

Die monatliche Unterhaltung hatte immer noch viele Fans. Unter denen, die sich nicht dafür interessierten, wurde das Event nur »die Fütterung« genannt.

Jon selbst schaute oft schon gar nicht mehr hin, wenn es losging. Es war ihm egal, aus welcher Abteilung der Entertainer kam. Schon lange lief ihm kein Schauer mehr über den Rücken, wenn er die Schreie und das Reißen der Körper hörte.

Es lief immer wieder gleich ab. Der Kandidat wurde bei der Mittagsmahlzeit ohne sein Wissen sediert, dann anästhesiert, gerichtet und festgeschnallt. Viel zu unsicher war es, den Kandidaten wie in den ersten Jahren einfach nur ins Gehege zu sperren. Es war ja nicht so, dass die Anderen ihn dann nicht gefunden hätten. Aber es kam vor, dass sich der Entertainer in der Vegetation versteckte und die Zuschauer nicht mehr verfolgen konnten, wie der Auserwählte bei den Anderen ankam.

Auch die Medikation musste genauestens berechnet sein. Schließlich war es völlig reizlos, wenn der Kandidat bewusstlos auf die Anderen traf.

Früher wurden hierbei Fehler gemacht. Durch die Betäubung verpasste der Entertainer dann sein eigenes Programm. Jeder Entertainer sollte aber erleben, wann sein Einsatz war.

Die Schreie und die Panik gellten in der Regel bis in den Keller. Jon langweilte es zunehmend. Für ihn war es immer dasselbe.

Betäuben. Anketten. Rausfahren. Tore auf. Gemetzel, Stromschläge zum Raustreiben und dann den Rollstuhl reinigen. Nichts Spektakuläres. Kein Kampf, kein Fluchtversuch.

Es sollten nur noch wenige Tage bis zur 50-Jahr-Feier vergehen, als er den Umschlag mit der Statistik aus dem Hauptbüro bekam. Manchmal sorgte sich Jon darum, ob nicht irgendwann einmal Adrian auf der Liste stehen könnte. Aber tief drinnen wusste er, dass der Junge allein schon deshalb als sicher galt, weil er der Assistent eines ersten Pflegers war.

Die Liste war ihm deswegen auch nicht mehr wichtig. Einer der anderen Pfleger war dieses Mal für die Herrichtung des Entertainers zuständig. Er, Jon, hatte sich für diesen Tag Urlaub genommen. Er würde mit einem alten Buch auf seinem Bett liegen, und die Offiziellen könnten ihn mal sonstwo. Lediglich wenn es Probleme geben würde, müsste er der Tagesleitung unter die Arme greifen und mithelfen. Dafür war Adrian einfach noch nicht ausgebildet genug.

Als die Anreise der Offiziellen begann, nahm Jon die Liste mit den möglichen Entertainern von seinem Schreibtisch und schob sie sich in die Hosentasche. Die Pfleger würden vor den Bewohnern zu Mittag essen, und so hätte er noch Zeit genug, um sich darüber zu informieren, wer heute für die Unterhaltung sorgen sollte.

Im Speisesaal winkte ihm Adrian schon aufgeregt zu. Die Freude an dem heutigen Spektakel stand dem Jungen schon ins Gesicht geschrieben. Jon nahm sein Tablett und setzte sich seinem Assistenten gegenüber. Er hatte Hunger und keine Lust darauf, sich schon jetzt über das Programm zu unterhalten.

Das Erste was er bemerkte, war der Geruch von Wald und Eisen. Die frische Luft auf seiner Haut. Dann spürte er die Bänder an seinen Armen. Wie oft hatte er den Teilnehmern des Entertainmentprogramms diese Bänder angelegt? Er wusste es nicht. Die Betäubung war gut berechnet. Wer hatte sie ihm verabreicht? Auch das wusste er nicht mehr. Es musste Adrian gewesen sein. Jon versuchte den Kopf zu wenden und den Nachwuchs-Pfleger zu erkennen. Hinter der gesamten unteren Glasfront saßen die Offiziellen auf ihren Stühlen und schauten erfreut ob des beginnenden Entertainmentprogramms.

Im oberen Stock des Seitenflügels konnte Jon den Jungen dann sehen. Er trug die weiße Hose und das blaue Hemd, an dem man die ersten Pfleger erkannte. Adrian winkte ihm zu und klatschte in die Hände. Sie würden bald alle in die Hände klatschen. Das war immer so beim Entertainmentprogramm. Sie klatschten so lange, bis die Anderen wieder aus dem Gehege entfernt waren und sich die Gitter schlossen. Dann wurde der leere Rollstuhl wieder ins Gebäude geholt und gereinigt.

Mit einem dezenten Rattern machte sich das fortschreitende Öffnen des Gitters bemerkbar. Es waren erst wenige Dutzend der Anderen vor dem Tor und gaben mit abstoßendem Geschrei hungrig Laut.

Jon schaute auf und erkannte eines der Gesichter sofort. Trotz der Verwachsungen und des hungrigen Blicks ließ der Anblick keinen Zweifel. Es war das Gesicht seiner kleinen Schwester. Sie gehörte offenbar zu den Kleineren der Anderen. Das hieß, sie würde nur noch ein paar Reste abbekommen.

Das Klatschen begann.

WhatsApp

Sein Kopf brummte, und die Sonnenstrahlen, die durch die noch offenen Vorhänge fielen, besserten seine Laune nicht. Mit einem kurzen Blinzeln vergewisserte er sich, dass die Prostituierte der letzten Nacht tatsächlich gegangen und nicht bloß zum Duschen ins Badezimmer entschwunden war. Kurz musste er grinsen. Wenn sie noch dagewesen wäre, hätte er sie noch einmal hernehmen können. Am Preis hätte das sicherlich nichts mehr geändert. Aber sie war weg, und er konnte in Ruhe seine Erinnerung an den letzten Abend sortieren. Das Summen seines Handys holte ihn aus seinen Gedanken. Das Display zeigte ihm eine Nachricht von Marie an. Es war ein Foto, wie sie in den Spiegel ihres Badezimmers lächelte. Albert war stolz. Marie war durchaus eine sehr schöne und tolle Frau. Aber eben nur Eine.

Er setzt sich auf. Diese Business-Hotels langweilten ihn kolossal. Aber sie hatten auch ihr Gutes. Sie waren anonym, und keiner fragte nach, wenn ihn jedes Mal andere Frauen begleiteten oder besuchten.

Noch in seiner Hand brummte das Telefon erneut. Dieses Mal schickte ihm seine Frau ein Bild von ihrem Haus. Wieder nur das Foto ohne irgendeinen Kommentar. Das zweigeschossige Gebäude mit der Dachterrasse beeindruckte jeden, der sie besuchen kam. Knapp 300 Quadratmeter nur für sie beide allein. Vom Garten mal ganz abgesehen. Der alte Baumbestand, der den Pool umgab, verlieh der Immobilie einen bodenständigen Touch, ohne den Luxus zu schmälern.

Das nächste Bild ließ nicht lange auf sich warten. Es war das Foto seiner offenen Garage.

Dort standen, wie auf einer Kette aufgezogen, sein Jeep, Maries Volvo und sein heißgeliebter Mercedes SLS Flügeltürer.

Den Wagen hatte er sich vor einem Jahr quasi selber zu Weihnachten geschenkt.

Während der Jeep eigentlich für die gemeinsame Nutzung gekauft wurde, war der SLS nur und ausschließlich für ihn gedacht. Als Marie während der Abholung des Wagens meinte, dass sie ihn unbedingt einmal fahren wollte, bestand seine einzige Reaktion in einem heftigen Lachanfall. Sie hatten Sindelfingen schon viele Kilometer hinter sich gelassen als Albert immer noch hin und wieder in ein leises Kichern ausbrach. Marie auf der Fahrerseite des SLS? Es war ein geradezu skurriler Gedanke. Und das, obwohl sowohl er als auch Marie wussten, dass er sich den Wagen niemals selber hätte leisten können. Es war ihr Geld. Sie hatte die Firma geerbt, und sie war es, die den Betrieb am Laufen hielt. Geschäftlich war er schon seit Beginn ihrer Ehe lediglich einer der Außendienstler. Reine Formsache. Nicht nur das. Er war der mieseste Außendienstler mit den schlechtesten Verkaufszahlen. Dafür war er der einzige mit einer schwarzen American Express Card.

Er löschte die Bilder und kicherte. Dann machte sich wieder ein Hauch von Unruhe in ihm breit. Wieso schickte sie ihm diese Fotos? Warum rief sie nicht einfach an, wie sonst auch? WhatsApp und SMS waren doch eigentlich nicht so ihr's.

Er beschloss, gleich nach dem Duschen selber anzurufen. Als sein iPhone schon wieder summte.

Dieses Mal war es ein Foto seines Ankleidezimmers. Alle Schranktüren waren geöffnet, und er konnte die mehr als 70 Anzüge von Brioni, Boss und Zegna auf beiden Seiten erkennen. Das erste Wort, das ihm bei diesem Anblick in den Kopf kam war *Style*. Hier fand die Metamorphose statt. Vom Durchschnittsmann, der er war, wurde er hier zum Gentleman. Zum Mann von Welt, der allen sagt, wo oben ist. Im Regal unterhalb der Fensterreihe standen ebenfalls mindestens 50 Paar Schuhe. Und auch bei den Schuhen legte er größten Wert auf Luxus und Exklusivität. Von dem, was sich preislich in diesem Regal befand, konnte sich so mancher mindestens zwei Jahre lang eine Kleinwohnung mitten in der Stadt leisten. Aber wer wollte das denn? Eine Kleinwohnung. Für ihn war das Beste gerade gut genug. Das beste Haus in der besten Lage, die besten Autos, die beste Kleidung und on top die beste Ehefrau, die ihm das alles ermöglichte. Dafür war er aber auch der hingebungsvollste Ehemann, den eine Frau sich wünschen konnte. Er hatte für nichts und niemand anders Augen. War höflich, zärtlich und liebevoll und machte optisch selbst neben so einer attraktiven Frau sehr viel her. Dass das nur dann galt, wenn sich Marie oder ein Mitglied ihrer schnöseligen Familie in seiner Nähe befand, wusste natürlich niemand. Er war gut in Sachen tarnen und täuschen.

Das Foto gefiel ihm, aber es irritierte ihn gleichermaßen. Warum schickte Marie ihm ein Bild von seinen Sachen?

Albert setzte sich nochmal auf das Bett. Die Tante vom Putzdienst klopfte schon wieder an die Tür. Was sollte das denn? Er hatte vorhin schon gerufen, dass er jetzt keine frischen Kissen oder sonst etwas brauchte. Sie sollte verschwinden und ihn nicht weiter nerven.

Obwohl? Vielleicht war es ein hübsches Zimmermädchen, das er mit ein paar Scheinchen um mehr als ein frisches Laken bitten konnte. Sein Lächeln verstarb mit der nächsten Nachricht, die ihm seine Frau schickte. Es war ein Foto vom im Garten spielenden Sam. Sam war sein Border-Collie. Und er war vermutlich das einzige Wesen, welches er wirklich bedingungslos und ohne eigennützige Hintergedanken liebte. Das mit Sam und ihm fing auf dem Parkplatz einer Autobahnraststätte an und berührte Albert noch heute. Seine damalige Freundin hatte ihn auf dem Rastplatz aus dem Wagen geworfen, nachdem sie zufällig von seinem Verhältnis mit ihrer besten Freundin erfuhr. Es war schade, denn so verlor er nicht nur das Dach über dem Kopf, das ihre Wohnung ihm bot, sondern er verlor außer seiner Freundin auch noch deren beste Freundin.

Nachdenklich hatte er sich auf eine der Holzbänke gesetzt und die vorüberfahrenden Autos beobachtet, als er dieses Wimmern aus einem schmutzigen Pappkarton hörte. Mit dem Fuß hob er eine Seite des Kartons an und blickte zum ersten Mal in die braunen Augen von Sam. In diesem Moment wusste Albert, was Liebe auf den ersten

Blick bedeutete. Er nahm den mit Dreck und Kot verklebten Welpen aus dem Karton und wusch ihn im Waschbecken der Herrentoilette.

Mit dem ausgesetzten Tier im Arm wollte er sich wieder auf seiner Bank niederlassen, um darüber zu sinnieren, wo er als nächstes unterkommen sollte, als ihn ein kleiner Mercedes Geländewagen streifte. Er hatte sich nicht verletzt, aber als die Fahrerin überrascht die Tür öffnete und schuldbewusst aus dem Wagen sprang, wusste er, dass das Schicksal ihm wieder mal einen Joker in die Tasche schob.

Wenige Minuten später saß er auf der Beifahrerseite des Wagens und erzählte Marie von seinem letzten Tag. Dass dabei lediglich das Finden des Hundes genauso stattgefunden hatte, wie er es darstellte, tat für ihn hier nichts zur Sache. Der Teil, in dem er seiner Verlobten die gemeinsame Wohnung überließ, obwohl sie es war, die ihn betrogen hatte, rührte Marie fast zu Tränen.

Was für ein wundervoller Mensch er doch sei. Selbstlos und großherzig. Dass Sam schon wenig später die Fußmatte des Autos vollkotzte, wurde von Marie und Albert nur noch mit einem fröhlichen Lachen bedacht.

Draußen hämmerte schon wieder jemand an die Tür. Wütend nahm Albert die Kette vom Schloss und wollte dem Zimmermädchen ein paar böse Worte an den Kopf werfen, als er sich zwei männlichen Hotelangestellten gegenübersah.

Mit einem Handtuch um die Hüften und seinem schon wieder vibrierenden Handy in der Hand, fühlte er sich gegenüber den beiden Anzugträgern auf Anhieb unwohl. Zumal sie ihn nicht mit dem üblichen Respekt ansahen, den er gewohnt war.

Wieder vibrierte sein Telefon. Diese Scheiß-WhatsApp-Nachrichten von Marie gingen ihm gehörig auf den Sender.

Noch weit unangenehmer war die strenge Bitte der beiden Herren, das Hotel schnellstmöglich zu verlassen. Auf die Rückfrage, was sie damit meinten, bekam Albert nur ein »Jetzt sofort!« zur Antwort.

Keine Erklärung und keine Diskussion.

Aufgebracht warf er den beiden entgegen, dass er sich jawohl noch ankleiden dürfe.

Im Lift zum Erdgeschoss konnte Albert sich gar nicht mehr einkriegen vor lauter Beschimpfungen. Ob sich die Hotelleitung bewusst wäre, in welchem Maße er gerade brüskiert werde und wie wenig er sich das gefallen ließe.

Dass das Hotel mit einer Klage seiner Familie rechnen könne, die sich gewaschen habe. Dass ihm das noch nie passiert sei und auch nicht passieren sollte.

Selbst wenn das Ganze ein Missverständnis sei, war es unentschuldbar, und Köpfe würden dafür rollen.

Erst jetzt fiel sein Blick wieder auf das Display seines Handys. Im nächsten Moment wurde ihm heiß und kalt. Das erste Foto, das er sah, war sein SLS vor der Garage. In der hochgefahrenen Tür stand Maries Cousin mit Autoschlüssel und Fahrzeugpapieren in der Hand. Albert unterdrückte einen Schrei. Was hatte das zu bedeuten?

Hektisch drückte er das Wahlwiederholungssymbol, und Maries Nummer erschien. Aber er hörte nur ihre Stimme auf der Mailbox.

An der Rezeption erreichte ihn dann das nächste Foto. In seinem leeren Ankleidezimmer standen mehre Kartons mit dem Aufdruck »Kleiderspende«. Seine Schnappatmung wurde nur durch das Zurückschieben seiner Kreditkarte durch den Concierge unterbrochen.

»Gesperrt!«

Albert verstand nicht.

»Ihr Karte, mein Herr. Sie ist gesperrt. Haben Sie vielleicht noch eine andere Karte, oder möchten Sie lieber in bar zahlen?«

Das Brummen in seiner Hosentasche verhieß nichts Gutes. Und während der Concierge die letzten Geldscheine aus Alberts Portemonnaie nachzählte, sah er das Schild »Tierheim«. Sonst nichts. Und dennoch zog es ihm den Hals zu. Das durfte doch alles nicht wahr sein.

Mit seinem kleinen Trolley an der Hand stolperte Albert aus dem Hotel. Während der wenigen Meter bis vor die Tür schien ihm der

Kopf zu platzen. Schwer ließ er sich auf eine der Bänke gegenüber des Hotels fallen und holte noch einmal sein Telefon aus der Tasche. Der Speicher zeigte fünf neue Nachrichten an. Alles Fotos.

Obwohl die Aufnahmen im Dunkeln gemacht sein mussten, waren sie gestochen scharf.

Das Erste zeigte die Ansicht des Hotels, vor dem er gerade saß. Auf dem zweiten Foto stand er an der Bar. Das Dritte trieb ihm den Schweiß in den Nacken. Auch dieses war an der Hotelbar aufgenommen, und es zeigte ihn mit der blondgefärbten Begleiterin der vergangenen Nacht. Bild Nr. 4 - beide in der Tür seines Hotelzimmers. Auf dem letzten Bild traf ihn fast der Schlag. Die Schlampe, die er vor Stunden noch gevögelt hatte, hielt ein Bündel Geldscheine direkt in die Kamera und lächelte. Das Stück war komplett beteiligt an diesem elendigen Spiel. Angeheuert, um ihn auffliegen zu lassen, und vermutlich gleich von zwei Seiten bezahlt. Er schlug sich vor den Kopf. Seit wann wusste Marie Bescheid? Er hatte keine Ahnung.

Ein weiteres Summen. Die Nachricht konnte er kaum öffnen, so sehr zitterten ihm die Finger.

Dann sah er vier nebeneinander liegende Blätter. Er brauchte einen Moment, um zu erkennen, um was es sich handelte. Es war sein Ehevertrag. Maries Vater hatte damals darauf bestanden. Und Albert wusste auch, was das für ihn bedeutete.

Pechvogel I.

Margit verließ die Station nicht, ohne noch einmal die beiden Schwestern der Tagesschicht zu umarmen. Ihr Herz war schwer, und sie wusste, dass sie in den kommenden Wochen wieder ganz allein sein würde. Allein mit ihren kaltherzigen Kolleginnen, dem ignoranten Chef, der nicht verstand, wenn es ihr schlecht ging, und den widerwärtigen Nachbarn.

Für diese Leute war sie nichts als eine lausige Simulantin. Ein Hypochonder. Eine durchgeknallte Frau, die zu doof zum Leben war.

Margit seufzte.

Hypochonder. So hatte es die Prokuristin aus dem zweiten Stock gesagt, als sie auf dem Weg zur Kaffeeküche war. Sie hatte sicher geglaubt, dass Margit nicht mitbekam, was sie dort im Flur über sie sprachen. Aber Margit bekam alles mit, was sich um sie drehte. Immer.

Hypochonder. Hypochondrie – und das wusste sie genau – ist eine psychische Störung. Ein Hypochonder *glaubt,* ernsthaft krank zu sein. Er hat Angst vor schlimmen Krankheiten, die er haben könnte. Aber nicht hat.

Sie war doch kein Hypochonder! Margit hatte nicht die geringste Angst vor schlimmen Krankheiten. Im Gegenteil. Jede Krankheit, jede Verletzung brachte doch das, wonach sie gierte. Die Aufmerksamkeit ihrer Mitmenschen. Zumindest derer, die sie noch nicht so lange kannten.

Die letzte Woche hatte sie auf der Station für Innere Medizin verbracht. Bei einem Besuch im Schnellrestaurant musste jemand versehentlich ein Reinigungsmittel in ihren Trinkbecher getan haben. Margit brach noch im Restaurant zusammen und wurde unter großer Anteilnahme der anderen Gäste in den Notarztwagen verbracht. Dass das Lokal dieses Mittel verwendete, hatte sie ein paar Tage vorher zufällig entdeckt, als sie den Wagen der Putzfrau vor sich stehen sah.

Eine Strafanzeige würde sie nicht stellen. Sie wollte ja niemand anderem schaden.

Es würde nun erst wieder ein paar Wochen dauern müssen, bis ihr wieder etwas Schlimmes zustieß. Als Pechvogel tituliert und angesehen zu werden, war kein Problem. Schräge Blicke, weil jemand begann, sich über die Häufigkeit ihrer Unglücke Gedanken zu machen, waren aber tunlichst zu vermeiden. Sie würde warten müssen, und dann konnte das Pech mal wieder nach ihr greifen.

Es begann alles damals, als sie in der Schwangerschaft die Treppe hinunterfiel. Sie war im fünften Monat, und das Kind überlebte leider nicht. Stattdessen wurde sie zum Mittelpunkt auf der Frauenstation. Jeder kam, tröstete sie, hielt ihre Hand und nahm sie in den Arm.

So traurig es war, dass dieses arme Würmchen nicht geboren werden durfte, so wunderbar war es, all diesen großartigen Zuspruch zu erhalten.

Manuel ging nur zwei Wochen, nachdem sie das Krankenhaus verlassen hatte. Angewidert packte er seine Sachen und zog aus. Er war der Meinung, dass sie sich absichtlich durch den Treppensturz verletzt hätte und hasste sie dafür, dass sie statt zu trauern, so viel Freude und Befriedigung im Krankenhaus empfand.

Es war schon schade, dass sie nicht mehr schwanger war. Die Schmerzen der Entbindung, die sie tapfer ertragen hätte, hätten ihr sicher viel Anerkennung durch die Hebammen zuteilwerden lassen. Und auch das Kind selbst wäre sicherlich hin und wieder so krank gewesen, dass sie sich von den Ärzten und in den Kliniken als vorbildliche Mutter ihre Streicheleinheiten hätte abholen können. So lagen die Dinge nun aber anders. Die Schwangerschaft war schon fünfzehn Jahre her, und sie musste sich um sich selbst kümmern. Darum, dass die anderen wahrnahmen, wie verletzlich sie doch war.

Mal verbrühte sie sich die Hand an einem herabfallenden Milchtopf (Milch war besser als Wasser, das Fett in der Milch sorgte für länger anhaltende Verbrennungen), mal fiel sie mit einem Messer und rammte es sich dabei versehentlich ins Bein.

Kein Schmerz war so stark, dass ihn die Zuneigung der Ärzte und Schwestern nicht wieder wettmachten.

Auch die Autounfälle hatte Margit für sich entdeckt.

Sie wusste, bei welchem Wagen die höchste Wahrscheinlichkeit bestand, dass der Fahrer unaufmerksam oder abgelenkt genug war, um eine kreuzende Passantin auf dem Parkplatz zu übersehen. Zweimal war es ihr bereits damit gelungen, einen Rippenbruch und so starke Prellungen zu provozieren, dass zumindest ein kurzer Aufenthalt im Krankenhaus dabei heraussprang.

Ein weiterer Vorteil dieser *Unfälle* war auch das entsetzlich schlechte Gewissen des Fahrers oder der Fahrerin. Selbst bei nur drei Tagen stationärem Aufenthalt bekam sie beide Male Besuch von dem Unfallverursacher. Beide Male mit einem großen Strauß Blumen und vielen lieben Worten. Es war einfach herrlich.

Weniger gute Erfahrungen hatte sie mit provozierten Unfällen in Supermärkten gemacht. Sich auf der Lache einer zufällig ausgelaufenen Flasche Öl das Handgelenk zu brechen, brachte nur eine lausige Untersuchung, eine Schiene am Handgelenk, die viel zu wenige Leute bemerkten und einen Entschuldigungsbrief vom Laden selbst.

Seitdem Manuel ausgezogen war, lebte Margit allein. Ihre Wohnung war hübsch eingerichtet, und an den Wänden hingen Fotos ihrer Eltern, der beiden Brüder und von ihrem Hund.

Der Chihuahua war einen Monat nach Manuels Auszug vom Tisch auf die Fensterbank geklettert und dann die drei Stockwerke hinabgefallen.

Margit wurde der Verlust mit viel Zuspruch aus der Nachbarschaft und von anderen Tierfreunden wieder ausgeglichen. Sie hatte das Tier fast genau so sehr geliebt wie den Trost ihrer Mitmenschen.

Den Kauf eines weiteren Haustieres schloss sie allerdings aus. Sie wollte nicht als nachlässig gelten, wenn dann auch dieses verstarb.

Es war ohnehin praktischer, wenn weniger Menschen oder Lebewesen in einen Unglücksfall verwickelt waren.

Zeugen konnten unnötig erklären oder Versionen korrigieren.

Und so wartete Margit ganze drei Monate, bevor sie sich entschied, wieder Opfer eines Unfalles zu werden.

Dieses Mal sollte es anders sein. Dieses Mal wollte sie einen richtigen Unfall. Mit Notarztwagen, Polizei und einem Fahrer, der vor lauter Mitgefühl an ihrem Krankenbett dahinschmolz. Sie wollte den Infusionsschlauch in ihrer Armbeuge spüren und die Visite mit einem leidenden, aber liebenswerten Blick empfangen.

Sie überlegte lange und intensiv, wie sie vorgehen sollte. Die Vorfreude brachten sie ganz aus dem Häuschen, und sie war dieses Mal bereit, ein bisschen mehr zu riskieren, als ein paar gebrochene Rippen und eine Gehirnerschütterung.

Auch der Ort wollte wohl gewählt sein. Es musste eine Stelle sein, an der Fußgänger nicht ungewöhnlich waren, aber trotzdem übersehen werden konnten. Die Autos mussten schneller fahren als auf den Straßen im Ort, aber auch nicht so schnell wie auf der Autobahn. Zumal ein Marsch auf der Autobahn sie nicht unbedingt bloß in ein Krankenhaus gebracht hätte. Mindestens ein paar Monate in der Psychiatrie würden ihr irgendwelche Einsatzkräfte dann schon gönnen. Und wenn es ein Krankenhaus gab, in dem Margit garantiert nicht landen wollte, dann war es die Klinik für Psychiatrie und Psychotherapie. Ein Schauder lief über ihren Rücken.

Mit einer Straßenkarte saß sie Zuhause, kreiste eventuelle Örtlichkeiten für ihren Unfall ein und überprüfte sie dann auch noch via Google Earth auf Eignung.

Vier volle Abende verbrachte sie mit der Sichtung diverser möglicher Unfallorte. Als sie sich dann auf drei Bundesstraßen in näherer Umgebung festgelegt hatte, setzte sie sich in ihren feuerroten kleinen Seat und fuhr die Straßen ein paar Mal ab.

Ihr Herz schlug ihr bis in den Hals, als sie die Stelle gefunden hatte, an der es passieren sollte.

Ganz in der Nähe war ein Parkplatz, von dem aus sie zu verschiedenen Tageszeiten die Autos zählte und deren etwaige Geschwindigkeit notierte.

Die Wagen waren in der Regel schneller, als sie vermutet hatte, und sie musste ein unvorhergesehenes auf die Straße Laufen leider ausschließen. Sie lachte. Sie war ja schließlich nicht lebensmüde. Generell war ein geplanter Unfall an dieser Stelle in jeder Hinsicht schwierig. Dann fasste sie einen Plan. Und schon bald wollte sie ihn umsetzen.

Margit stand bereit. Der nächste Wagen würde es sein. Sie wusste, dass sie vermutlich noch ein bisschen warten musste – die Straße war nicht so dicht befahren - aber sie würde es wagen. Den Ast in ihrer Hand verbarg sie hinter ihrem Bein. Und dann war es so weit. Hinter der Kurve tauchten, trotz noch nicht so weit fortgeschrittener Dämmerung, zwei Scheinwerfer auf.

Bei all ihren Berechnungen hatte sie nicht einkalkuliert, dass der Lenker des Autos unkontrollierte Bewegungen machen könnte. Zwei Meter vor ihr zog der Wagen unerwartet ein bisschen nach rechts. Margit versuchte es noch mit einem Schritt zurück, aber das Auto traf nun nicht wie erwartet mit voller Wucht den dicken Zweig in ihrer Hand (was für den gewünschten Bruch ihres Unterarms gesorgt hätte), sondern er traf sie seitlich an der Hüfte.

Margit rotierte um die eigene Achse. Für den Bruchteil einer Sekunde trafen sich ihre Augen mit denen der Fahrerin. Beide spiegelten Überraschung und einen Hauch von Entsetzen wider.

Das wird ein langer wunderbarer Aufenthalt im Krankenhaus werden, schoss es Margit durch den Kopf, als ihr Körper seitlich in den Graben katapultiert wurde. Sie spürte regelrecht, wie sie abhob und durch die Luft flog.

Sie schlug nicht mit dem Kopf auf den Stein, der im Graben lag. Es waren vielmehr zwei oder drei ihrer Halswirbel, die bei dem Aufprall zerbarsten.

Die Fahrerin des silbergrauen Subaru schrie noch zwei Kilometer nach dem Knall und dem Anblick der Frau aus Leibeskräften. Der Schock saß tief, und die dünne Blutspur auf der rechten Seite der Windschutzscheibe sorgte dafür, dass sie sich noch während des Fahrens auf ihre Beine übergab.

Aber sie hielt nicht an. Der automatische Blick in den Rückspiegel zeigte ihr, dass niemand sie gesehen haben konnte. Auch vor ihr war die Strecke frei und menschenleer. Sie würde den Wagen in die Garage stellen und ein paar Wochen überlegen, was zu tun wäre.

Nachdem was sie auf der Firmenfeier getrunken hatte, würde die Polizei ihr den Führerschein dieses Mal für den Rest ihres Lebens nicht mehr zurückgeben. Sie musste weiterfahren. Durfte nicht anhalten. So leid es ihr tat. Jemand würde kommen und der Frau helfen.

Ganz sicher. Dann trat sie wieder aufs Gas. Der saure Geruch aus ihrem Schoss wirkte zunehmend ernüchternd.

Und so lag Margit in froher Erwartung des Krankenwagens und mit verblassender Lebenskraft im Gras zwischen allerlei Unrat. Ihre weit geöffneten Augen sahen, wie die zunehmende Dunkelheit die Sterne aus dem Himmel lockte, und ihre sterbenden Hirnströme realisierten zaghaft, dass sich keine Sirene, kein Krankenwagen näherte.

Margit wusste, dieses Mal würde es anders werden. Sie würde diese ultimative Form des Trauerns und des Mitleids leider nicht mehr genießen können. Was für ein Pech.

Pechvogel II.

Es war Horsts Pech, dass er den Abschnitt noch bis zur nächsten Markierung in Ordnung bringen wollte. Alle fünfzig Meter stand schon ein blauer Sack mit dem aus Gräsern und Büschen gesammelten Müll. Unfassbar, was die Menschen an der Straße alles wegwarfen. Zigarettenschachteln, manche sogar noch voll, fanden sich ebenso wie ebenfalls mehr oder minder gefüllte Kondome, Zeitungen, Kleidungsstücke und hin und wieder ein einzelner Schuh. Horst fragte sich, wie man einzelne Schuhe verlieren konnte. An der Bundestrasse.

Mal den rechten, mal den linken. Man musste schon ziemlich dämlich sein, *einen* Schuh zu verlieren.

Wobei der Verlust *zweier* Schuhe beim Autofahren nicht wirklich weniger dämlich war.

Kurz vor der letzten Markierung sah er noch etwas in die Luft ragen. Er ging gemächlich näher. Es sah aus wie eine Milchtüte oder eine zu einer Rolle zerknüllte Zeitung oder wie ein – er kam näher – wie ein menschlicher Arm. Mit seiner Greifzange schob Horst die Zweige des Busches zurück. Dann konnte er den zu dem Arm gehörenden Kopf und Körper sehen.

Sie sah gar nicht so schlimm verletzt aus. Es war kaum Blut zu entdecken. Aber das änderte nichts daran, dass die Frau ganz offensichtlich tot war. Die Augen waren weit geöffnet, und der Mund schien zu lächeln. Aber ihr Kopf hing schon ein wenig schief.

Horst ging, erstaunt über die tote Frau und mit dem unglücklichen Wissen, dass sich sein Feierabend erheblich verzögern würde, zurück zu seinem Müllwagen. Er musste die Zentrale anrufen.

Die Polizei würde kommen und sich um die tote Dame kümmern.

Horst blickte noch mal über die Schulter. Sie war schon ein Pechvogel. Wenn sie nur einen Meter weiter oben gelegen hätte, dann wäre sie sicher von einem vorbeifahrenden Autofahrer entdeckt worden.

Vielleicht sogar rechtzeitig. Aber jetzt konnte ihr keiner mehr helfen. Nun würde sich nur noch der Bestatter um sie kümmern. So ein Pech aber auch.

Dann blieb er stehen. Er blickte in alle Richtungen. Der Verkehr war mäßig, und schon bald würde er noch mehr nachlassen. Vor ihm lag ein Nummernschildhalter. Gleich oben drauf prangten die Worte »Verbrechen lohnt sich doch«, und er überlegte, wer sich so einen blöden Spruch ans Nummernschild pinnen konnte.

Es konnte ja quasi nur ein Richter, Anwalt oder Polizist sein, dachte er und stopfte dann das Stück Plastik in seinen blauen Sack.

Er ging zwei Schritte weiter und blieb erneut stehen. Es wäre kein Verbrechen, wenn man sich so eine tote Frau mal etwas genauer anschaut, oder?

Er hat sie schließlich nicht totgefahren. Wieder drehte er sich um. Dann ging er zurück.

Bis jetzt konnte er einfach sagen, dass er sie noch gar nicht gesehen hatte. Keiner konnte ihm nachweisen, dass das anders war.

Tote Frau? Nee, keine Ahnung. Wo denn?

Langsam ging er zu dem Gebüsch, aus dem immer noch die blasse Hand hervorragte, zurück. Er setzte sich oberhalb des Kopfes der Frau, über deren Hals gerade eine dicke braune Nacktschnecke kroch.

Mit seiner Zange schob er die Schnecke von der fahlen Haut. *Na ja, lieber Schnecken als Würmer.*

Die würden schon noch früh genug kommen. Dann würden sie aus und in die Nasenlöcher, den Mund und die Ohren dieser Toten kriechen.

Horst fiel ein, dass die Frau mit den dunkelblonden Haaren und den trüben grauen Augen noch gar nicht so lange tot sein konnte. Es schwirrten kaum Fliegen um sie herum, und der Fuchs war auch noch nicht dran. Vermutlich war sie erst in der vergangenen Nacht verunglückt. Er richtete sich noch einmal auf und schaute auf die Straße. Ganz schwach war eine kurze Bremsspur zu erkennen. Das musste ganz schön gerumst haben, damit die Lady hier so weit runter geflogen ist. Und eins war ihm klar, angehalten und nach dem Unfallopfer geschaut hat hier keiner.

Er nahm es niemandem übel. Er hatte auch schon mal ein Wildschwein angefahren und sich nicht weiter drum gekümmert. Ein Wildschwein war ein Wildschwein. Und für ein Wildschwein, das ohnehin bald auf der nächsten Wiese verendete, musste man auch nicht anhalten. Wahrscheinlich ging der Fahrer davon aus, ein Reh oder irgendein anderes Stück Wild gerammt zu haben. Auf diesem Teil der Strecke hat hier wahrscheinlich keiner ernsthaft mit einem Menschen gerechnet.

»Na du Wilde, du.« Er musste selber, über sein Wortspiel lachen.

Wieder schob er sie ein bisschen mit seiner Zange an.

Dann schob er den Griff unter ihren Arm und bewegte ihn, so gut es ging, auf und ab. Die Leichenstarre machte es ihm ein bisschen schwer.

»Hallo, ich bin die Lola, und ich liege hier nur für dich.«

Wieder kicherte er. Es sah einfach zu albern aus, wie die Tote ihm gerade zuwinkte.

Abermals schaute er sich um. Schon jetzt begann der Verkehr nachzulassen.

Neben der Leiche lag ein langer Ast. Er hangelte ihn sich heran und schob ihn vorne in die Bluse der Frau. Mit einem leichten Ruck sprangen die obersten beiden Knöpfe aus den Löchern, und er konnte einen hellblauen Büstenhalter erkennen.

»Na du bist mir aber eine.« sagte er mehr zu sich als zu der Toten, und es reizte ihn zu sehen, ob sie unter ihrer grauen Stoffhose ein ebenso blaues Höschen trug.

Der Ast war ihm dabei aber keine Hilfe, und so rückte er ein kleines bisschen näher an sie heran.

Er wusste nicht, ob es eher die Aufregung oder die Erregung war, die ihn so sehr anstachelte. Die Frau war tot. Keiner würde hier noch Fingerabdrücke von der Hose nehmen. Konnte man das überhaupt?

Fingerabdrücke von Stoffen nehmen? Es war ihm egal. Er hatte den Knopf nicht öffnen können, er war ihm einfach abgesprungen.

Wirklich wichtig würde auch das nicht sein. Das hätte auch bei dem Unfall passieren können. Behutsam zog er den Reißverschluss hinab und war etwas geknickt, als er kein hellblaues Höschen erblicken konnte, sondern nur einen schwarzen Baumwollslip.

Wieder stellte er sich auf und kickte ihr enttäuscht mit dem Fuß leicht gegen das Ohr. Er würde sie nicht mehr verwunden können. Sie war tot. Mausetot. Aus. Ende. Basta. Selbst wenn er ihren Kopf von hier bis zum nächsten Feld gekickt hätte, würde das nichts an ihrem Zustand ändern.

Sie hier einfach so liegen und vom Bestatter wegräumen zu lassen, hielt Horst für eine zu große Verschwendung.

Er legte seine Zange neben sich und begann die noch verbliebenen Knöpfe ihrer Bluse zu öffnen. Die Vorderteile des Stoffes legte er weit auseinander.

Dann machte er sich an ihrer Hose zu schaffen. Schwarzer Baumwollslip hin oder her. Er würde das Teil schon runter und nachher wieder rauf bringen.

Dem Drang, sie zu küssen, widerstand er. Der Gedanke, dass sich vielleicht schon eine Raupe oder ein Käfer zwischen den leicht geöffneten Lippen verbarg, war ihm dann doch einfach zu eklig.

Seine orangefarbene Latzhose war schnell herabgelassen, und sein angeschwitztes T-Shirt würde die Dame hier nicht mehr stören.

Tot oder nicht. Sie war seit Monaten die erste Frau, bei der er nicht mindestens zwanzig Euro bezahlen musste, um mal ran zu dürfen. Die Chance konnte er sich einfach nicht entgehen lassen.

Sein Schweiß perlte in ihre toten Augen, und er zog mit einer Hand ein paar Zweige über ihren vorwurfsvollen Blick. Er würde nicht mehr lange brauchen. Sein Ächzen wurde lauter, und es ärgerte ihn, dass sie ihn nicht doch noch ein bisschen anfeuern konnte. Es war schließlich nicht ganz so einfach, mit einer Frau zu schlafen, die kälter war als die durchschnittliche Außentemperatur.

Mittlerweile kam nur noch hin und wieder ein Auto.

Und auch jetzt, wo er diese Tote hier begattete, konnte er am Motorengeräusch noch festmachen, um was für eine Art Fahrzeug es sich handelte.

Das nächste Auto nahm er sogar schon wahr, bevor er den Motor erkennen konnte. Die laute Musik, die dem Wagen wie eine Bugwelle vorausging, ließ auf eine Gruppe Jugendlicher schließen. Die schlimmste Kategorie, was das Verursachen von Unrat in seinem Arbeitsbereich anging. Horst bewegte sich schneller. Gleich. Gleich war er so weit. Dieses eigenartige Glücksgefühl kribbelte schon in seinen Füßen.

Laut wummerten die Bässe, als sich der Wagen in Höhe von Horst und seiner toten Gespielin befand. Horst legte den Kopf in den Nacken. Soeben spürte er, dass das Kribbeln bereits in Kniehöhe angekommen war. Es konnte nur noch ein oder zwei Sekunden dauern. Dann würde der Schuss sich lösen.

Mit dem Kopf im Nacken und den vor Lust weit geöffneten Augen konnte er sie gerade noch kommen sehen. Ausweichen konnte er aber nicht.

Die Champagnerflasche erwischte ihn mit voller Wucht genau auf seiner Stirn. Sie zersplitterte nicht. Sie zerbrach und fiel in zwei großen und wenigen kleinen Teile links und rechts neben den Kopf der Toten.

Die Musik aus dem Wagen verblasste, als die Jugendlichen das Fenster wieder schlossen. Aber das konnte Horst leider nicht mehr hören.

Wie zwei skurrile Liebende lagen der tote Horst und die tote Frau umklammert im Graben. Und während sie immer noch irgendwie glücklich aussah, war Horsts Blick ein kleines bisschen verzweifelt. Wäre die Flasche nur zwei Sekunden später zwischen seinen Brauen aufgeprallt, hätte vielleicht auch sein Blick ein bisschen Glück ausgestrahlt. Aber so war der arme Horst eben nur einer der zwei größten Pechvögel hier im Graben.

Ersatzteillager

Sie war mit Abstand die Schönste in der ganzen Nachbarschaft. Was sagte er? Im ganzen Ort, wenn nicht gar im Landkreis. Und das trotz ihrer 64 Jahre.

Er konnte nicht anders. Er war unfassbar stolz auf seine Frau. Auch nach vierzig Ehejahren begeisterte sie ihn immer wieder aufs Neue, wenn sie morgens aus dem Bad kam oder gemeinsam mit ihm in die Oper oder auf ein Fest ging.

Anneliese war ein Hingucker für jede Altersklasse. Und viele Männer - sogar weit jüngere Männer als er selbst - neideten ihm seine attraktive Frau.

Aber auch Otto konnte sich noch sehen lassen. Für seine 68 Jahre war er fit wie ein Turnschuh. Muskulös, sehnig und schlank. Mit einem Gebiss, so weiß wie frisch gefallener Schnee und Haaren so dicht wie der Kunstrasen auf dem er gerade stand.

Ohne weiteres konnte er sein Hemd bei der Gartenarbeit auch mal offen tragen, denn das Sixpack unter seinen erst kürzlich gestrafften Muskeln wirkte täuschend echt. Die sechs Implantate wurden passgenau über kleine Schnitte unter der Bauchmuskulatur eingebracht und wölbten sich sanft, wie bei einem zwanzigjährigen, gut trainierten Leistungssportler hervor.

Diese Operation hatte ihm Anneliese zu seinem 65. Geburtstag geschenkt. Man konnte so etwas schon für rund fünf- bis sechstausend Euro machen lassen, aber Otto bekam die Luxusvariante mit besten Implantaten, eingesetzt vom besten Schönheitschirurgen, den sie auftreiben konnten.

Und damit er die Zeit nicht so allein in der Klinik verbringen musste, schenkte er ihr im Gegenzug neue und angepasste Implantate für ihre schönen, straffen Brüste. Das alte Silikon war überholt und schon fast gefährlich. Ein Ablagern und Verkapseln hätte unschöne Dellen und Wölbungen ergeben können. Dem sollte vorge-griffen werden.

Auch das Fadenlifting im Gesicht wurde korrigiert. Die kleinen Widerhäkchen neigten dazu, im Gewebe zu verhärten und ein nicht so gleichmäßiges Bild zu hinterlassen.

Otto und Anneliese konnten bei einer Bekannten einmal verfolgen, was passierte, wenn man hier nicht Wert auf allerhöchste Qualität legte.

Schief und uneben zeigte sich das Hautbild zwischen Stirn und Mund. Das Bindegewebe war beinahe klumpig. Ein Augenwinkel wies nach oben, der andere nach unten, während der Mund beinahe grotesk in Wellen lag. Da halfen auch die eigentlich ganz ordentlich aufgespritzten Lippen nicht weiter.

Die Frau konnte sich kaum noch auf die Straße wagen. Einfach bemitleidenswert. Oder eben abstoßend.

Selbstverständlich taten Otto und Anneliese auch aktiv viel dafür, ihre Körper und auch ihren Geist frisch zu halten. Außer Sauerstoff-therapien innerhalb ihres Hauses hielten sie sich gerne und oft an der frischen Luft auf. Spielten, so wie es immer noch chic war, Golf und Tennis. Und schwammen in ihrem Pool fast täglich mehrere Bahnen, um dem mit Medikamenten aufgehaltenen Gelenkverschleiß ein zu-sätzliches Schnippchen zu schlagen.

Anneliese und Otto legten allerhöchsten Wert auf ein ästhetisches und schönes Gesamtbild und ließen sich das auch etwas kosten.

Eigen- und Fremdhaartransplantationen, Nasen- und Lippenkor-rekturen ließen sein Gesicht nicht nur jünger, sondern vitaler und freundlicher wirken. Und die nur minimale Verwendung von Botox, ließ sogar noch die wichtigsten mimischen Züge zu. Es gab nichts, was Otto an sich nicht gefiel. Und wenn es etwas gegeben hätte, würde er es nicht lange betrachten oder erdulden müssen. Die plastische Chirurgie bot heute Möglichkeiten, die noch vor Jahren als utopisch galten. Es wurde gelasert, geflext, transplantiert, geschnitten, geklebt und optimiert, was immer es zu beanstanden gab. Ersatzteile wurden mit Druckern gefertigt und mussten nicht mehr mühsam aus Dritte-Welt-Ländern importiert werden. Und auch die heutige Anästhesie hatte sich seit der Verwendung von Propofol, Thiopental-Natrium oder Etomidat erheblich weiterentwickelt.

Es gab kaum noch Nebenwirkungen, und meist war die Veränderung schon nach ein paar Tagen selbst aus nächster Nähe nicht mehr von der natürlichen ursprünglichen Optik zu unterscheiden.

Niemand musste heute noch mit abstoßenden Körpermerkmalen wie Hakennase, schmallippigem Mund oder gar einer Glatze herumlaufen. Vorausgesetzt, er konnte es sich leisten.

Und keine ihrer Operationen hatten Otto und seine Frau bis jetzt bereut.

Die Oberkörpermodifikation durch Entfernung von Annelieses untersten beiden Rippenbögen machten ihre Taille schmal und ließen ihre nicht zu groß gewählten Brüste runder und weiblicher wirken. Dazu die mit Laser- und Kryolipolyse verschmälerten Hüften und die mit Liposuktion in Form gebrachten Schenkel. Sie entsprach immer noch und mehr denn je dem Bild von Supermodels aus der Milleniums-Zeit.

Nur dass sie eben gute vierzig Jahre älter war als die Mädchen damals. Nichts an ihr wirkte alt und welk. Und ohne weiteres konnte man sie trotz der Vielzahl an Operationen als eine natürlich aussehende Schönheit bezeichnen.

Aber Otto und Anneliese legten nicht nur Wert auf ihre äußere Schönheit. Auch die inneren Werte kamen bei ihnen nicht zu kurz.

Sämtliche Organe, inklusive des Darms und einiger Blut führenden Gefäße wurden sowohl bei Otto als auch bei seiner Frau durch Inanspruchnahme von externen Materialien optimiert, modifiziert oder gleich vollständig erneuert. Was hatten sie denn davon, wenn sie bildschön mit Anfang 70 verstarben?

So kam es, dass sie Werte in trugen, die selbst in höchsten Schichten als wichtige und wertvolle Ressourcen galten.

Und genau hier begann das Problem. Seitdem die Regierung den Prozentsatz an implantierten körper- oder naturfremden Stoffen herabgeregelt hatte, durfte niemand mehr als vierzig Prozent an sich erneuern. Anneliese und Otto hatten sich über dieses neue Gesetz anfangs köstlich amüsiert. Lagen sie doch bereits schon seit mehreren Jahren deutlich über fünfunddreißig Prozent.

Wer sollte ihnen denn sagen, was sie mit ihren Körpern zu tun hätten? Selbst wenn die Kassen und behandelnden Ärzte alle ihre Operationen an die Regierung meldeten und archivierten, hielten Otto und seine Frau das Ganze nicht für umsetzbar.

Nach dem letzten Regierungswechsel wurden bereits die Wohnregionen in die drei Abteilungen »vegan«, »vegetarisch« und »carnivor« eingeteilt. Dann gab es innerhalb dieser Regionen noch die Abteilungen Raucher und Nichtraucher. Die bekennenden Drogenkonsumenten wurden gleich vollständig ausgesiedelt und in die Vororte verbracht. Man durfte durchaus alles tun und lassen, was man wollte, allerdings musste man sich innerhalb des Systems dann auch mit einer Klassifizierung oder einem neuen Wohnort abfinden.

Anneliese und Otto lebten selbstverständlich im Bereich »VegNimo«.

VegNimo stand seit dem Regierungswechsel für »modifizierte, nichtrauchende Vegetarier«. Der beste Bereich, in dem man leben konnte.

Dass sie keine Drogenkonsumenten waren, verstand sich von selbst, denn diese wurden unabhängig vom Ess-, Rauch- und physischem Modifikationsverhalten nicht in der Stadt belassen.

Die Gesetze waren gut, aber sie waren streng.

Das neue Gesetz für physische Abänderungen an sich selbst besagte, dass übermodifizierte Bürger durch den Entmenschlichungsprozess diverse Rechte verlieren sollten. Des Weiteren müssten diese künftig im Dienste der Regierung leben. Und das in jeder Hinsicht.

Auf dem Papier las es sich sicherlich beängstigender, als es umzusetzen war, flüsterten sich die Patienten in den Schönheitskliniken zu, um sich gegenseitig nicht zu verunsichern.

Und so verdrängten auch Anneliese und Otto die Tatsache, dass sie schon haarscharf an der Grenze zum Ersatzteillager liegen mussten, wenn nicht schon dahinter. Noch amüsierte sie die theoretische Sanktion eher, als dass sie sie ängstigte. Sie schauten in den Spiegel, und sie wussten, dass nichts, was so gut aussah ein Fehler sein konnte.

In ihrem Umfeld waren Anneliese und Otto durchaus beliebt. Sie waren sozial. Spendeten für die Armen, die sich selbst kleinste und lebenswichtige Behandlungen nicht leisten konnten.

Sie stellten Kleidung, Möbel und Fahrzeuge, die sie nicht mehr brauchten, für Bedürftige zur Verfügung und strichen sogar den bedauernswerten Kindern der rauchenden, Fleisch essenden und körperlich nicht optimierten Mitbürger über den Kopf.

Es gab diesbezüglich schon ein paar erbarmungswürdige Gestalten, die sich hin und wieder in die besseren Regionen wagten, bevor sie von den Beamten entfernt wurden.

Selbstverständlich waren sie auch noch als Knochenmarkspender typisiert, als Blutspender registriert und mit einem Organspenderausweis versehen. Zusätzlich waren ihre Testamente nach beider Tod auf verschiedene Institute und Forschungszentren der Regierung ausgestellt.

Alles in allem waren sie Menschen, über deren Existenz sich jede Regierung freuen konnte.

Annelieses letzte OP lag nun schon einige Wochen zurück, und auch Otto sollte heute das letzte Mal für längere Zeit unters Messer. Bei ihm hatten sie sich bei dem Ersatz seiner Sehnen schon lange gegen Autoplastik entschieden. Niemand ging noch davon aus, dass man in seinem Alter körpereigenes Material verwendete. Auch die Homöoplastik, also die Implantation von organischem Spendermaterial, schied für ihn aus. Für Otto kam nur noch körperfremdes, also synthetisches Material als Sehnenersatz in Frage. Die Alloplastik versprach ausschließlich die Verwendung bester Synthetik.

Die Menge wäre dennoch so gering, dass es sich nicht negativ in ihrer regierungstechnischen Menschlichkeitsbilanz niederschlug. So hofften sie zumindest.

Der Wagen stand schon seit zehn Minuten vor der Tür. Anneliese blickte immer wieder auf die Uhr. Otto sollte direkt nach der Operation nach Hause gebracht werden.

Vor dreißig Jahren hätte sie sich noch mit einer kleinen grünen Tablette aus dem Bereich der Benzodiazepine beruhigt. Ihr optimiertes Verdauungssystem neigte mittlerweile aber dazu, Beruhigungsmittel nicht mehr zu absorbieren. Außerdem wollte sie bei klarem Bewusstsein sein, wenn Otto nach Hause käme.

Das akustische und optische Signal der Türglocke ließen ihren Herzschlag ansteigen.

»Wir möchten Sie bitten, uns Ihre Organspenderausweise, Ihre Versichertenkarte und Ihre menschlichen Identitätsnachweise auszuhändigen.«

Die Männer an der Tür sahen aus wie zwanzig. Anneliese wusste allerdings, dass die Beauftragten der Regierung alle, zumindest in ihrer Basis, das achtzigste Lebensjahr beendet hatten. Die Herren vor ihr konnten gut und gerne einhundert Jahre alt sein. Auch wenn sie nicht so aussahen.

»Mein Mann und ich sind natürlich gezeugte, natürlich lebende und nur minimal modifizierte Bürger dieses Staates!« Anneliese kannte ihre Rechte. Auch wenn sie wusste, dass »minimal modifiziert« bei ihnen sicherlich nicht mehr zutraf.

»Nein, Sie irren sich. So wie unsere Informationen aussehen, haben Sie bereits vor zweiunddreißig Tagen den erlassenen Prozentbereich der menschlichen Physis verlassen, und Ihr Herr Gemahl wurde vor vier Stunden sogar mit siebenundvierzig Prozent gemessen. Laut Gesetz werden Sie und Ihr Gatte ab sofort nicht mehr als menschlich geführt.«

Annelieses falsche Lippen bebten, und unter ihren Silikonbrüsten schnürte sich der verschmälerte Brustkorb zu. Alle Nylonvenen in ihrer

Halsbeuge pumpten das mit Ozon angereicherte Blut in ihren Kopf, und das optimierte Herz schlug ihr bis zum Hals.

Was hätte sie dafür gegeben, wenn ein oder zwei Tabletten Valium sie jetzt noch hätten beruhigen können.

Durch ihre hellblauen Kunstlinsen blickte sie unsicher zwischen den beiden Männern hin und her. Sie wusste, dass sie keine Argumente gegen dieses Handeln hatte. Gesetz war Gesetz.

Die gesamte Regierung bestand mittlerweile ausschließlich aus Transformaten. Und zwar aus mindestens 75 prozentigen. Bisher hatte sie das nie geängstigt.

Wortlos reichte sie den beiden die gewünschten Unterlagen. Sie wusste, dass ein Widersetzen zur unmittelbaren Verwertung geführt hätte. Das konnte und wollte sie nicht herbeiführen. Weder für sich, noch für Otto.

Und so nahm sie die neuen Identitätskarten von den Beamten entgegen, notierte sich ihren PIN und ließ sich den Chip mit dem Quick-Implantierer hinter das rechte Ohr einpflanzen. Bei Otto wurde vermutlich gerade das gleich vorgenommen. Anneliese stieg die künstliche Tränenflüssigkeit in die Augen.

Es waren doch alles nur kleine Eingriffe, die sie hatten vornehmen lassen. Ein bisschen Optimierung hier, ein künstliches Organ dort.

Wer konnte seinen Körper denn heute noch allein mit Sport und guter Ernährung in einem derartig hervorragenden optischen Zustand halten? Sie konnten ihnen doch nicht so einfach die Rechte entziehen, die natürlich gezeugten Menschen zustanden.

Hätten sie nicht rechtzeitig informiert werden müssen, dass sie die Grenze überschritten?

Anneliese dachte nach. Ganz trübe kamen ihr die Mails, Anrufe und Nachrichten der Versicherung in den Kopf. Sie hatten sie ignoriert. Und sie hätten vermutlich auch dann nicht aufgehört, wenn man sie dazu aufgefordert hätte.

Falten und graues Haar oder Organe, die keine hundertprozentige

Funktion und Leistung mehr zuließen, sie hätten es niemals zugelassen. Dafür waren sie schön und hochleistungsfähig.

Was wusste die Regierung schon? Sie wollte mit niemand anderem tauschen. Niemals. Ihr Blick wanderte von dem einen glatten und jugendlichen Gesicht des Regierungsbeauftragten zu dem anderen.

Was für fantastische Ärzte die Regierung haben musste.

Mit der Hand glitt sie durch ihr dichtes Haar und über ihren gestrafften Hals. Ihr Herz würde noch ein langes Leben zulassen. Es war schließlich zum Teil erst wenige Jahre alt. Vielleicht würde die Regierung Otto und sie gar nicht verwerten müssen. Sie waren schließlich nicht die einzigen Ersatzteillager in diesem Bezirk.

Den Worten der Beamten folgte sie hocherhobenen Hauptes. Keine Falte in ihrem Gesicht zeigte an, ob und wie sehr sie die neue Klassifizierung traf.

»Herzlichen Glückwunsch! Sie und ihr Gatte gehören nun zum Erweiterungskreis unserer praktizierenden Regierung. Im Falle eines Engpasses im Kunstteilbedarf werden Sie ab sofort zur Entnahme zur Verfügung stehen....« die angenehme, warme, melodische und durch Stimmbandmodifikation einstellbare Stimme des Mannes flog wie eine sanfte Brise an ihr vorbei.

Unter Umständen würde sich vielleicht gar nicht so viel ändern. Anneliese schaute in den Spiegel neben der Tür und lächelte. Was für eine schöne Frau sie doch war.

Und zwischen Organspender oder Ersatzteillager gab es ohnehin nur einen Unterschied. Organspender durften erst nach ihrem Tod ausgeweidet werden. Ersatzteillager standen automatisch zur Verfügung.

Schöne Worte

Schon unzählige Male zuvor war sie zu ihrem Haus gefahren. Es kam ihr immer wieder neu vor und schön. Hier hatten sie so viele wunderbare Stunden verbracht. Damals, als sie es renoviert und eingerichtet hatten. Den Garten anlegten und die Fassade in diesem matten Gelb streichen ließen. Der Makler musste sich nicht lange bemühen. Sie hatten es gesehen und sich sofort verliebt. Dieses Haus war vom ersten Augenblick an ihr Zuhause.

Viele Partys hatten sie hier gefeiert, Geburtstage und Silvester. Sogar die Hochzeit von Christoph und seiner Frau hatten sie in ihrem Garten ausgerichtet. Zwei Dutzend weiße Tauben flogen damals über die Siedlung, und alle waren glücklich. Das war erst fünf Jahre her, und dennoch waren Christoph und seine Frau bereits seit gut einem Jahr schon wieder geschieden. Diese Wände hatten viel gesehen. Das meiste davon war schön.

Daniels Wagen stand noch nicht vor der Tür. Heute war sie früher dran als sonst. Deutlich früher. Sie wollte ihn überraschen. So wie damals, als sie erst wenige Wochen in dieser Siedlung lebten. Es waren erst neun Jahre, aber es kam ihr vor wie ihr halbes Leben. Um die Überraschung nicht zu verderben, parkte sie ihren Lancia auf dem Parkplatz des Supermarktes und lief die wenigen Schritte zurück zum Haus. Hier kannte sie jeden Baum und jeden Strauch.

Die Entwicklung ihrer Ehe war nicht zu übersehen. Seit einigen Monaten zog Daniel sich zurück. Hin und wieder schliefen sie noch miteinander, aber geküsst hatten sie sich bestimmt schon seit Wochen nicht mehr. Wenn sie beim Autofahren nach seiner Hand griff, dann hielt er die ihre kraftlos und nur so lange, bis er seine in einer Kurve zurück zum Lenkrad ziehen konnte.

Sie steckte den Schlüssel ins Schloss und entriegelte die Tür. Sie war froh, dass Daniel wie sonst auch zweimal abgeschlossen hatte. Zu dumm wäre es gewesen, wenn er wider Erwarten im Haus wäre und damit die Überraschung verdorben hätte.

Es dauerte aber nicht lang und sie konnte seinen Wagen in der Einfahrt sehen. Nur zwei Minuten später hörte sie endlich, worauf sie schon so lange gewartet hatte.

»Liebes, sei nicht böse. Es tut mir leid. Ich weiß, dass ich mich in letzter Zeit viel zu wenig um dich gekümmert habe.«

Sie stand da und fühlte Tränen in ihren Augen. Wann hatte er das letzte Mal so zärtlich zu ihr gesprochen?

»Mir wachsen die Dinge im Moment einfach ein bisschen über den Kopf. Das hat nichts mit uns beiden zu tun. Ich liebe dich nach wie vor. Nein. Ich liebe dich mehr als je zuvor.«

Er hatte nicht Unrecht. In seiner Firma ging es zurzeit drunter und drüber. Der Seniorchef war zurückgetreten und der Juniorchef war aus welchen Gründen auch immer nicht mehr gut auf Daniel zu sprechen. Sie hat das bis heute nicht begriffen. War der Juniorchef doch eben Christoph, der einst zu Daniels besten Freunden zählte.

»Du weißt, du bist die Einzige für mich. Du bist die, die mich zum Lachen bringt, und mit der ich jeden weiteren Tag teilen möchte.«

Ja, dachte sie. Gelacht haben wir immer viel. Früher.

»Ich vermisse dich jede Sekunde, die ich nicht bei dir bin. Deine Nähe, deine Haut. Ich kann mir nicht vorstellen, jemals wieder ohne dich zu sein. Du bist ein Geschenk des Himmels. Mein Geschenk des Himmels.«

Auch hier fühlte sie sich zurückversetzt in die Zeit, in der sie kaum genug voneinander bekommen konnten. Manchmal hatten sie es kaum vom Auto ins Haus geschafft. Heute war es meist so, dass er sie nur zwei Minuten berührte, bevor er hart und ohne große Leidenschaft, in sie eindrang und dann kurze Zeit später auf seiner Seite des Bettes einschlief.

»Wenn ich sehe, wie traurig du bist, dann bricht es mir das Herz. Nein, weine nicht, Liebling. Ich kann das nicht ertragen. Ich werde ja alles tun, damit wir mehr Zeit miteinander verbringen können. Du fehlst mir doch auch so.«

Die Tränen liefen ihr nun über das Gesicht. Wann hatte er das letzte Mal so zu ihr gesprochen? Sie konnte sich nicht erinnern. Diese Worte voller Zärtlichkeit und Hingabe, griffen direkt an ihr Herz. Daniel. Mein Daniel. Weißt du noch, wie du um meine Hand angehalten hast? Wie wir geheiratet haben, gegen den Willen meiner Eltern, aber aus vollster Überzeugung das Richtige zu tun? Daniel, du bist die Liebe meines Lebens. Was ist nur passiert?

»Nein, nein, so traurig darfst du nicht sein. Lass mich dein Gesicht in meine Hände nehmen und dir die Tränen alle fort küssen. Bitte, Liebes, es ist doch nichts verloren. Nur noch ein bisschen, dann ist diese lange, harte Zeit endlich vorbei.«

Das hatte sie sich immer gewünscht. Dass die lange, harte Zeit vorüber sei. Sie endlich wieder füreinander da sein konnten. Seine Stimme ließ sie schaudern. Was war nur mit ihrer Liebe passiert.

»Helen, Liebes. Du weißt, dass du alles bist, was ich je wollte. Wir werden alles schaffen. Gemeinsam werden wir alles schaffen. Ich bin mir sicher.«

Dann legte Daniel den Hörer auf.

Sie hörte ihn nach seinem Schlüssel greifen und das Haus verlassen. Zweimal drehte sich der Schlüssel im Schloss. Kurz darauf sprang der Motor seines BMW an.

Sie stand immer noch hinter dem Vorhang des Wohnzimmers. Hier hatte sie ihn früher oft überrascht, wenn er nach Hause kam. Sie sprang hervor, und er freute sich. Damals.

Die Tränen waren versiegt, und ihr Herz fühlte sich an, wie ein glühender Stein. So viele wunderschöne Worte.

Helen gab es aber in ihrem Leben nur eine. Und die hatte vor ein paar Jahren hier im Garten geheiratet.

Ihr eigener Name war Susan.

Die Reisegruppe

Adnan hatte sein Ticket in der Hand. Er war zwanzig Minuten zu früh, aber der Morgen war schön und Warten machte ihm nichts aus. Zum gefühlt hundertsten Male schaute er sich das Einladungsschreiben von beiden Seiten an. Er hatte noch nie etwas gewonnen, und er konnte sich auch nicht erinnern, an einem Preisausschreiben teilgenommen zu haben, aber vielleicht hatte er dieses eine Mal einfach Glück. Eine kleine Reise. Völlig umsonst. Inklusive Unterkunft und Verpflegung. Er musste es einfach drauf ankommen lassen. Verpassen würde er ohnehin nichts. Seinen Job war er los, und in der kleinen Pension, in der er lebte, würde er sein Zimmer auch schon bald kündigen müssen.

Niemand würde ihn vermissen. Warum also nicht einfach mal daran glauben, dass auch er einmal Schwein haben könnte. Der kleine Koffer neben ihm enthielt alles, was er für ein paar Tage brauchte. Wenn man es genau nahm, enthielt er eigentlich alles, was Adnan überhaupt besaß. Wenn er von jetzt auf gleich aus dieser Stadt verschwände, würde es vermutlich niemand bemerken. Das gab ihm das Gefühl von Freiheit, aber auch einen traurigen Hauch von Einsamkeit. Adnan zündete sich eine Zigarette an. Niemand wartete mit ihm hier an der Bushaltestelle. Er wurde skeptisch, zog an seiner Zigarette und begann, an einen dummen Scherz zu glauben. Na klar. Adnan Hertic, du und nur genau du bekommst eine Reise geschenkt. Mehrere Tage Gratisurlaub, an einem schönen, noch unbekannten Ort. Wie dumm bist du eigentlich? Er schaute auf seine Uhr, und genau, als der Zeiger auf 6.30 Uhr sprang, sah er ihn kommen.

Beinahe lautlos bog der Bus von der Zufahrt auf die Hauptstraße ein und bremste ab.

Als er vor ihm hielt, zeigte Adnan das Schreiben in seiner Hand, und der Busfahrer winkte ihn mit einem ruhigen »Guten Morgen« an Bord.

Es war ein guter Bus. Kein Luxus-Reisebus mit Fernsehsesseln und Monitoren vor jedem Sitz, aber doch ein bequemes Gefährt mit verstellbaren Rückenlehnen und Fußstützen, auf denen man es sich gemütlich machen konnte.

Der Bus war zu etwa zwei Dritteln gefüllt. Viele der Gäste schliefen, angelehnt an die Seitenscheibe oder mit Nackenkissen, die sie wie aufblasbare Schals um den Hals trugen. Die Passagiere, die wach waren, grüßten Adnan neugierig oder müde, als er an ihnen vorbei ging, um an seinen auf dem Ticket angegebenen Platz zu gelangen.

Er räumte sein Gepäck in das Staufach oberhalb seines Sitzes und ließ sich dann schwer in das Polster an der abgedunkelten Fensterscheibe fallen.

Sollten all diese Leute an demselben Preisausschreiben teilgenommen haben? Warum nicht? Die Mischung der Reisenden sprach dafür. Offensichtlich waren hier im Bus beinahe alle Altersgruppen vertreten. Es gab wenige jüngere und ältere Paare im vorderen Bereich und ebenfalls verschiedene Personen zwischen zwanzig und sechzig in der Mitte des Busses.

Schräg vor ihm saß eine junge Frau mit buntgefärbten Haaren. Sie wirkte zwar nicht so, als ob sie sich unbedingt unterhalten wollte, aber Adnan musste einfach ein bisschen mehr über Reise und Ziel erfahren. Er stellte sich hin, beugte sich vor und tippte der Bunthaarigen auf die Schulter.

Die Frau schrak auf und drehte sich ruckartig zu ihm um. In ihren Augen lag Erschrecken und gleichzeitig Wut. »Was willst du?« zischte sie ihn an, und Adnan erschrak über die unerwartete Schroffheit.

»Es tut mir leid, ich wollte dich nicht wecken. Es ist nur, kannst du mir sagen, wo dieser Bus heute hinfährt? Was ist unser Ziel? Hast du die Fahrt auch gewonnen?«

Der Blick der Frau wurde weniger aggressiv, und ihre Stimme verlor an Wut, aber nicht an Ablehnung.

»Keine Ahnung. Auf der Einladung stand »gratis« und »Reise«. Das hat mir an Information gereicht. Vielleicht gehörst du ja zu denen, die sich aussuchen können, ob sie so ein Geschenk annehmen. Ich kann es nicht. Fünf Tage nicht in diesem Frauenhaus zu sitzen, stattdessen etwas anderes sehen und die Aussicht auf ordentliches Essen konnte ich mir nicht entgehen lassen.« Dann drehte sie sich wieder um, legte ihren Kopf auf den freien Sitz neben sich und entschwand aus seinem Blickfeld.

Adnan setzte sich wieder auf seinen Platz. Er wusste zwar nicht, was ein Frauenhaus war, aber so, wie sie davon sprach, konnte es kein Ort sein, an dem man sich wohlfühlte.

An Schlaf war für ihn nicht zu denken. Zu viele Gedanken kreisten in seinem Kopf. Der Bus hatte genau sechzig Sitze. Den Fahrer einmal ausgenommen. Bis jetzt waren insgesamt dreiundvierzig Plätze besetzt.

Siebzehn Passagiere könnten theoretisch noch einen Sitzplatz finden. Adnan zählte noch einmal durch. Ja. Inklusive des Fahrers waren vierundvierzig Menschen an Bord.

Kaum hatte er diesen Gedanken zu Ende gedacht, wurde der Bus wieder langsamer und kam zum Stehen.

Die Türen öffneten sich, und ein asiatisches Paar stieg zu. Sie waren sich uneinig, wo sie sich hinsetzen sollten und stritten sich auf einer Sprache, die vielleicht Japanisch war, bis der Fahrer auf ihr Ticket schaute und sie auf zwei Plätze im vorderen Bereich aufmerksam machte. Noch auf ihren Sitzen angekommen, schienen sie sich nicht einig zu sein, ob sie im richtigen Bus und an der korrekten Stelle waren.

Adnan schaute aus dem Fenster. Bisher waren sie erst etwa eine Stunde gefahren. Die Reise ging offensichtlich in Richtung Süden. Die Sonne stand schon knapp oberhalb der Baumspitzen auf der rechten Seite des Busses. Jetzt waren fünfundvierzig Passagiere an Bord.

Adnan schaute in seine Tasche. Sie sollten ihre Reisepässe mitbringen, hieß es in dem Schreiben. Das hatte er natürlich auch getan. In der Regel trug er fast immer alle wichtigen Papiere bei sich. Durch sein südländisches Aussehen geriet er nicht selten in Kontrollen, in denen er nach entsprechender Identifikation gefragt wurde. Nicht schön, aber eben Fakt. Adnan stellte dann keine weiteren Fragen und zeigte, was auch immer gewünscht war. Ausweis, Reisepass, Versicherungsnachweis oder einfach nur Respekt.

Der Bus hielt erneut, und dieses Mal sprang ein junger Mann die Stufen empor, hielt dem Fahrer das Einladungsschreiben unter die Nase und ging dann mit einem lauten Hallo an alle Mitreisenden durch den Gang. Bei der Bunthaarigen blieb er kurz stehen, schaute auf die Zahl oberhalb der Gepäckfächer und ging dann mit einem Grinsen und einem »Schade« im Blick eine Reihe weiter. Dort, genau auf der gegenüberliegenden Seite, warf er seinen Seesack auf den Sitz am Fenster, setzte sich auf den Platz am Gang und ließ seine Augen über alle Passagiere des Busses schweifen.

Als er Adnans offenen Blick auffing, grinste er wieder und beugte sich über die Armlehne.

Mit dem Daumen wies er auf die schlafende Frau in der Reihe vor ihm und flüsterte etwas zu Adnan.

Dieser beugte sich nun seinerseits herüber. »Was?« fragte er leise.

»Wenn wir uns Zimmer teilen müssen, dann teile ich mit ihr hier.« er wies nun über den Sitz hinweg mit seinem Finger auf die junge Frau mit den bunt gefärbten Haaren.

Adnan lächelte. »Ist okay. Vorausgesetzt, sie möchte das auch«.

Der Kerl auf der anderen Seite des Ganges feixte und hob entschuldigend die Schultern.

»Wie heißt du?«

»Adnan, und du?«

»Ich heiße Frederik. Hast du auch gewonnen?«

Adnan wedelte mit der Gewinnbenachrichtigung und nickte.«

»Weißt du, wo die Reise hingeht? Nicht, dass es mir wirklich wichtig wäre, aber neugierig bin ich schon. Wir fahren in Richtung Süden.« sagte er und wies auf die Sonne. »Das gefällt mir schon mal sehr.«

Langsam wachte die Frau, vor Frederik auf. Sie streckte sich und drehte sich über ihre linke Schulter um.

»Was gibt es denn die ganze Zeit zu quatschen?« Sie rieb sich die Augen.

Frederik beugte sich vor und versuchte mehr von ihrem Anblick zu erhaschen.

»Wir haben uns nur gefragt, wo wir wohl alle gemeinsam hinfahren. Ist ja schon ein buntes Völkchen hier in diesem Vehikel.« er schaute auf die bunten Haare auf dem Kopf seiner Vorderfrau und reichte ihr die Hand. »Ich bin Frederik. Das da drüben ist Adnan. Und wer bist du?«

»Lena. Ich heiße Lena. Habt ihr auch alle gewonnen? Ich habe gar keine Ahnung, wie ich zu diesem Schreiben komme. Teilgenommen habe ich nämlich nirgends. Ist mir aber egal. Hier kann ich endlich mal in Ruhe schlafen, ohne dass irgendein hysterisches Weib die ganze Nacht rumschreit oder ein Macker versucht, sein Schäfchen mit Waffengewalt aus der Bude zu locken.«

Adnan begann langsam zu verstehen, was mit »Frauenhaus« gemeint sein konnte.

»Du hast an keinem Preisausschreiben teilgenommen? Das ist komisch. Ich nämlich auch nicht.«

»Ich auch nicht« rief Frederik von der anderen Seite, während er sich einen Schokoladenriegel aus seinem Seesack pulte. Er brach ein Teil ab und hielt es erst Lena und danach Adnan hin. Beide lehnten ab.

Frederik zuckte wieder mit den Schultern und aß den Riegel innerhalb weniger Sekunden alleine auf. »Letztendlich ist es doch völlig egal. Wir sind jetzt hier. Haben es hübsch angenehm, und wie es aussieht, hat keiner von uns irgendwelche anderen Verpflichtungen oder etwas, was ihn zurück hält. Ist doch alles prima.« sagte er kauend.

In dem Moment stand eine Frau in der ersten Reihe auf, drehte sich zu allen Mitreisenden und klatschte zweimal fröhlich in die Hände.

»Good morning, good morning, good morning to you. Good morning, good morning, and how do you do?«

Sie riss beide Arme in die Luft und rief, so dass man es bis in die letzte Reihe hören konnte: »Einen fröhlichen guten Morgen wünsche ich all unseren Gewinnern von »Neue Wege«. Ich bin Ihre Reiseleitung Martha und werde Sie auf unserem Weg in das »Neue Wege Resort« begleiten.

So, als ob sie irgendeine frenetische Resonanz erwartete, hielt sie einen kurzen Moment inne. Dann fuhr sie fort. »Jetzt, wo wir alle so nett beieinander sind, möchte ich Sie nicht mehr lange auf die Folter spannen.

Vielleicht haben Sie bereits selber festgestellt, dass Sie nicht an einem üblichen Preisausschreiben teilgenommen und gewonnen haben. Nein, das ist sicher nicht so. Vielmehr haben Sie das große Glück, dass Sie über ein spezielles Verfahren ausgewählt wurden und völlig ohne Ihr aktives Zutun in den Genuss dieser Reise hier kommen.

Im Resort »Neue Wege« erwartet Sie ein erstklassiger Aufenthalt in Doppelzimmern der 4-Sterne Kategorie. Ein Wellness-Programm, ein medizinischer Check-up und viele neue und nette Kontakte.«

Das japanische Paar stritt schon wieder, offensichtlich taten sie sich mit dem Verständnis der Reiseleitung etwas schwer.

Lena pfiff zwischen den Zähnen. »Vier Sterne? Wellness? Ich bin jetzt schon tiefenentspannt, wenn ich dran denke.«

»Das mit den vielen netten Kontakten gefällt mir auch ganz gut.« Frederik blinzelte Lena zu, aber die ignorierte ihn und schaute nach vorne. In der Erwartung, weitere Informationen von der Reiseleiterin zu erhalten.

Vorerst schien aber alles gesagt zu sein. Die Frau setzte sich nach wenigen weiteren Worten wieder hin, und Lena legte sich wieder quer über beide Sitze. Die Augen schloss sie dieses Mal aber nicht. Stattdessen schaute sie von unten aus dem Fenster. »Wisst ihr, wo wir gerade sind?« Frederik beugte sich vor und folgte ihrem Blick. Adnan schaute ebenfalls aus dem Fenster.

»Keine Ahnung.« Frederik schüttelte mit dem Kopf.

»Ich weiß es auch nicht.« Adnan versuchte irgendetwas außerhalb des Busses in sein geographisches Verständnis einzuordnen. »Ebenfalls keine Ahnung.«

Er schaute wieder in beide Richtungen des Ganges. Ganz hinten unterhielten sich zwei Paare. Die meisten Gäste schienen zu schlafen.

Erst jetzt erkannte Adnan, dass die beiden Gäste auf der letzten Bank Männer waren. Sie sprachen nicht miteinander, aber sie wirkten hellwach und aufmerksam. Irgendetwas sagte ihm, dass es sich bei den beiden nicht um normale Passagiere handelte.

Sie hatten fortwährend den gesamten Bus im Blick, reagierten aber weder auf Fragen, die im Bus hin und her gingen, noch auf das, was die Reiseleiterin von sich gab.

»Kennst du hier jemanden?« Lena hatte sich wieder aufrecht hingesetzt und schaute zu Frederik. Der schüttelte mit dem Kopf. »Und du?«

Adnan hatte sich diese Frage selber schon gestellt und verneinte jetzt mit sichtbarem Kopfschütteln.

»Ist das nicht eine komische Sache? Ein Bus voll fremder Menschen, und keiner weiß, wo wir hinfahren und warum ausgerechnet WIR an dieser Reise teilnehmen dürfen?« Lena klang nicht mehr so, als ob es ihr völlig egal wäre, wohin es ging und warum sie zu dieser Reisegruppe gehörte.

»Was sagen denn eure Familien dazu, dass ihr euch so einfach aus dem Staub macht?«

Adnan hob die Hände. »Ich habe es niemandem gesagt. Ich habe meinen Job verloren und von meiner Familie seit Jahren nichts gehört. Ich bin frei wie ein Vogel und kann gehen und bleiben, wie und wo es mir passt.«

»Geht mir ähnlich.« Frederik kreuzte seine Arme auf der Lehne des Vordersitzes. »Frei wie ein Vogel, und niemand weiß, wo ich bin. Und bei dir, Lena?«

»Ebenso. Zumindest will ich das hoffen. Wenn niemand weiß, wo ich bin, kann mir auch keiner blöd kommen. Und was soll mir schon passieren? Ich sitze mit einem Haufen Leute in einem Bus Richtung Sonne. Wir fahren ja nicht in ein Kriegsgebiet. Davon gehe ich zumindest aus.«

Die letzten Worte sprach sie ein bisschen leiser. Fast unsicher.

Die nächsten Minuten verliefen ruhig. Sie mussten nicht unnötig anhalten, denn es gab eine saubere und bequeme Toilette im Bus. Auch für Getränke und Snacks war gesorgt. Frederik war etwas verstört, als er sah, dass dieselben Schokoriegel, mit denen er sich eingedeckt hatte reichlich in der Bordküche vorhanden waren. Die Investition hätte er sich sparen können

Er meinte, dass man beinahe das Gefühl bekommen konnte, ein Anhalten des Busses werde tunlichst vermieden.

Als alle vor sich hindösten und hin und wieder aus dem Fenster schauten, ob ein Ziel bereits erkennbar sei, klingelte das Handy der Reiseleiterin.

So fröhlich, wie die Dame vorhin alle Reisenden begrüßt hatte, so konzentriert und einsilbig sprach sie nun in das Telefon. Dann wendete sie sich dem Fahrer zu und sprach ihm etwas ins Ohr. Der kräftige Mann drehte sich kurz über die rechte Schulter, wendete sich dann wieder dem Verkehr zu und nickte ruhig. Mit einem ernsten Blick auf die beiden Männer in der letzten Reihe ging die Frau, die sich vorhin noch lachend mit einem Lied als Martha vorgestellt hatte, zu einem der Sitze im vorderen Bereich.

Weder Adnan noch Frederik oder Lena konnten hören, was sie der dort sitzenden Frau sagte, aber die folgende Aufregung war nicht zu übersehen.

Die Frau sprang auf und schimpfte, dass sie genau so sehr oder wenig, wie alle anderen im Bus an dem Preisausschreiben teilgenommen habe. Sie hätte das gleiche Recht wie alle anderen, bei dem Urlaub in dem »Neue Wege Resort« dabei zu sein.

»Ihr Ticket ist leider nicht mehr gültig, haben wir soeben erfahren. Sie werden den Bus verlassen müssen.«

Die Härte der Reiseleitung stand absolut im Gegensatz zu der vorherigen gute Laune.

Noch bevor die Unruhe auf die anderen Gäste hätte übergreifen können, waren die beiden Herren aus der letzten Bank bei der Reiseleitung. Der Bus hielt am Straßenrand, und die Frau wurde mitsamt ihrem Gepäck aus dem Bus befördert.

Das alles ging so schnell, dass keiner auch nur die Zeit hatte, sich für oder gegen dieses Gebaren aussprechen zu können. Die Frau blieb auf ihrem Koffer sitzen, weinte und rief den kleiner werdenden Rücklichtern irgendetwas hinterher.

Martha, die Reiseleiterin, nahm wieder mit einem Strahlen im Gesicht das Mikrofon in die Hand, entschuldigte sich für den unangenehmen Zwischenfall und forderte alle Mitreisenden dazu auf, sich noch ein bisschen mehr auf die Ankunft in dem Resort zu freuen. Es würde nur noch wenige Stunden dauern, bis man am Ziel ankäme. Dann wurde die Fahrt fortgesetzt, als ob nichts geschehen sei.

Adnan wagte noch einen Blick in die letzte Reihe. Die beiden Männer saßen wieder dort. Sprachen kein Wort, waren aber allezeit hellwach und aufmerksam. Und er fragte sich, warum eine harmlose Reisegruppe gleich zwei Sicherheitsleute brauchte.

Die Fahrt ging noch weitere zwei Stunden ohne nennenswerte Zwischenfälle vonstatten. Lediglich die Hartnäckigkeit, mit der sich der Fahrer widersetzte, zu einer Pause an den Straßenrand zu fahren, rief ein wenig Unsicherheit hervor. Aber die Reiseleiterin wies darauf hin, dass man sich schon ein bisschen außerhalb des Zeitplanes bewegte. Man wolle ja nicht ankommen, wenn das Resort bereits seine Pforten schließe.

Auf verstärkte Nachfrage verwies Martha dann auf einen baldigen Zwischenstopp, sobald man die Grenze hinter sich hätte.

Dann könne man sich die Beine vertreten und ein paar Erfrischungen außerhalb des Busses zu sich nehmen. Aber bis dahin möge man sich noch ein wenig gedulden und die Fahrt genießen.

Seit über einer Stunde hatte Adnan kaum noch Autos zählen können.

Der letzte Wagen, der sie überholte, war ein Ford Kombi. Der Kofferraum war vollbeladen, und die Familie zog entweder um, oder sie waren, so wie sie selber auch auf dem Weg in den Urlaub.

Die beiden Kinder auf der Rückbank des Fords winkten den Passagieren des Busses zu, und die, die noch wach waren, winkten meist lächelnd zurück. Selbst dieser Wagen war schon vor fast einer Stunde am Horizont verschwunden.

Die Reise schien kein Ende zu nehmen, als sich schräg neben der Strecke eine Art Lager abhob. Sie bogen von der Hauptstraße ab und fuhren noch weitere vier bis fünf Kilometer in Richtung Landesinnere.

Der Bus hielt vor einem großen, weißen Zelt. Außer zwei Kühl-LKW mit dem Aufdruck eines Catering-Services und einem weiteren Zelt mit sanitären Anlagen war weit und breit nichts zu sehen. Keine Häuser und auch keine nennenswerte Vegetation.

Die Reisegruppe stieg aus und sammelte sich im Schatten des weißen Zeltes. Kein guter Platz für eine Rast auf dem Weg ins Paradies, dachte sich Adnan. Dann nahm er in der Ferne einen weiteren Bus wahr, der offenbar dasselbe Ziel hatte. Dieses Zelt hier in der Einöde.

Durch eine junge Frau, die ihm ein Glas entgegenhielt, wurde er aus seinen Gedanken gerissen.

»Ihr Begrüßungscocktail«, lächelte sie und hielt ihm ein Glas mit einer orangefarbenen Flüssigkeit vor sein Gesicht. Er hatte keine Ahnung, wo die Frau herkam. Vermutlich war das Catering-Personal in den LKWs untergebracht.

Die meisten anderen hatten ihre Gläser schon wieder auf den Tabletts abgestellt, als Frederik mit seinem leeren Becher vor ihm stand. Adnan erschreckte sich beim plötzlichen Anblick seines Weggefährten so sehr, dass ihm das Glas aus der Hand rutschte und auf den Boden fiel. Sofort kam die Hostess und reichte ihm mit einem Lächeln ein neues.

Er bedankte sich und wendete sich Frederik zu. Dieser stand grinsend vor ihm und schaute auf das volle Glas.

»Tauschen?« Frederik hielt ihm seinen leeren Becher hin. Offensichtlich schmeckte ihm das etwas zähflüssige Getränk. Adnan stand der Sinn ohnehin mehr nach einer Flasche Wasser, und so tauschte er sein Glas unauffällig mit dem von Frederik und war froh, dass die Hostess es nicht bemerkte und ihm einen weiteren Cocktail aufdrängen wollte. Er würde sie später nach etwas Wasser fragen.

Der zweite Bus hatte nun ebenfalls den Parkplatz erreicht und wurde neben dem ersten abgestellt. Die Türen öffneten sich mit einem leichten Summen, und die Gäste strömten durch den Ausstieg hinaus ins Freie.

Das aufgesetzte, fröhliche Gebaren der Reiseleitung und die Hitze machten ihm Kopfschmerzen. Außerdem ärgerte er sich nun doch, dass er den Begrüßungsdrink nicht einmal probiert hatte. Keiner seiner Mitreisenden stellte auch nur einen Moment in Frage, was hier geschah.

Adnan umkreiste die beiden Gruppen und fand im kleinen Zelt einen Platz, wo er sich die Hände und das Gesicht waschen konnte.

Vor den Fensteröffnungen hörte er die Stimmen zweier Männer und einer Frau. Mit einem schnellen Blick konnte er erkennen, dass es sich um die Sicherheitsleute, die vor ein paar Stunden die Frau aus dem Bus beförderten und die Reiseleitung des zweiten Busses handelte.

Sie sprachen von einem Streit mit einer Frau der zweiten Gruppe. Sie sei vom Vertrag zurückgetreten, und ihr Alter Ego sei nun nicht mehr verfügbar. Adnan duckte sich und verließ das Zelt so, dass keiner der drei seine Nähe bemerkte.

Nachdenklich kam er zurück.

Er sah, wie Lena sich mit einer jungen Frau in Polohemd und Bermuda-Shorts unterhielt. Beide Frauen wirkten wie zwei Schwestern, die in verschiedenen sozialen Schichten aufgewachsen waren. Und dennoch stimmte etwas nicht. Das Interesse der fremden Frau an Lena wirkte investigativ. Freundlich, aber distanziert. Auch die anderen Reisegäste hatten sich vermischt und schienen irgendwie beieinander angekommen zu sein. Sogar das japanische Paar hatte endlich aufgehört, sich zu streiten. Sie standen mit zwei ebenfalls asiatischen Personen zusammen und unterhielten sich angeregt. Es konnte doch nicht so zufällig sein, dass sich alles irgendwie zu spiegeln schien. Nur ein einzelner junger Mann stand noch bei der Reiseleitung und schien sich über etwas zu erkundigen, er blickte suchend zu dem geselligen Knäuel der anderen Gäste.

Adnan nutzte den Moment, in dem die Reiseleitungen gegenseitig ihre Gruppen begrüßten, um sich das Gefährt der anderen Gesellschaft näher anzusehen. Die hintere Türe stand offen, und so konnte er unbemerkt in den silbernen Bus mit den dunkel getönten Scheiben hineinschlüpfen. Er lief durch den breiten Gang und stellte fest, dass in diesem Bus die letzte Bank unbesetzt war. Offensichtlich war hier kein Sicherheitspersonal eingeplant. Oder es war nicht vonnöten.

Ihr eigener Bus war nicht unbequem, aber dieser Bus hier schlug alles, was er sich hätte vorstellen können. Weiche Einzelsitze, die man bis zur Liegeposition ausfahren konnte. An jedem Platz ein Tisch und ein Monitor, auf dem man verschiedene Videoprogramme wählen konnte.

Es war hier so bequem, dass er sich die wenigen Minuten in diesem Bus gönnen wollte. Was sollten die anderen schon sagen? Im schlimmsten Fall würden sie ihn hier herauswerfen.

Den Brief fand Adnan im Seitenfach eines der hinteren Sitze. Der Umschlag war violett, und es befand sich ein Bogen Papier und ein Foto im Futter des Kuverts.

Adnan schaute von dem Sitz aus durch das Fenster und sah, dass sich beide Gruppen immer noch in regen Unterhaltungen befanden. Es war wie ein großes Memory-Spiel, bei dem es zu jeder Karte eine passende zweite gab. Dann begann er zu lesen.

»Sehr geehrter Herr Kosic!

Wir bedanken uns, dass Sie die Luxusvariante von »Neue Wege« gewählt haben. Mit Freude teilen wir Ihnen mit, dass ein passender Kandidat gefunden wurde. Schon bald können Sie mit »Neue Wege Reisen« Ihren Ausstieg aus dem bisherigen Alltag umsetzen. Wie gewünscht erhalten Sie im Rahmen Ihrer neuen Identität Ausweis- und Versicherungspapiere und eine hochgradige Anonymität. Da Sie zusätzlich die komplette Löschung Ihrer bisherigen Personaldaten gebucht haben, werden Ihren Hinterbliebenen unmittelbar nach Feststellung des Ablebens Ihres Kandidaten der Totenschein und alle nötigen Nachweise zugestellt. Sie können sich darauf verlassen, dass der Verblichene kein unnötiges Leid erfahren muss und Sie in Ihrem Ableben würdig vertreten wird.

Die zweite Rate des vertraglich vereinbarten Preises in Höhe von 600.000,- $ werden wir nach erfolgreichem Identitätswechsel einziehen.

Wir wünschen viel Spaß in ihrem neuen Leben und verbleiben mit besten Grüßen
Ihre
Neue Wege Inc.«

Hinter dem Briefbogen war ein Foto angeheftet. Adnans Finger zitterten. Das Bild war offensichtlich in einem Krankenhaus aufgenommen worden. Es war das Krankenhaus, in welches seine Krankenversicherung ihn vor ein paar Wochen zu einem Bonus- Check-up eingeladen hatte. Und es zeigte ihn selbst.

Für einen Moment schloss er die Augen. Dann alarmierte ihn ein Schlag gegen die Seite des Busses.

Als er seine Augen wieder öffnete, sah er, wie Frederik unterhalb des Fensters im Arm eines der Security Herren zusammenbrach. Das asiatische Paar, das sich während der zurückliegenden Fahrt fortwährend gestritten hatte, wurde auf zwei Liegen neben dem Haus mit Folien bedeckt und zu einem der weißen Trucks gebracht. Neben dem LKW stand das japanische Paar aus dem anderen Bus und unterschrieb einige Papiere, die ihnen von der Reiseleiterin Martha und dem Reiseleiter des anderen Busses feierlich überreicht wurden.

Er hörte keine Schreie. Es war ein stilles Sterben vor seinen Augen. Adnans Herz schlug bis zum Hals. Diese Reise war eine Fahrt in die Ewigkeit.

Er stolperte von dem Sitz, und der Brief fiel aus seiner Hand. Die Sonne, die durch die geöffnete Tür fiel, wirkte zwischen all den dunklen Scheiben wie ein Licht am Ende eines Tunnels. Adnan lief und stolperte dem Ausstieg entgegen. Ein paar Stufen sollten ihn von seiner Flucht trennen. Aber seine Hoffnung schwand, als er den Sand des Parkplatzes unter seinen Füßen spürte.

Vor dem Ausgang des Busses stand der einzelne, dunkelhaarige junge Mann, den er vorhin noch beobachtet hatte, und dessen Namen er jetzt kannte. Rechts und links von ihm blickten ihn die Herren aus der letzten Reihe vorwurfsvoll an.

Adnan setzte sich auf die Stufen und betrachtete das Glas in der Hand seiner Reiseleiterin. Er sollte seinen Begrüßungscocktail schon noch bekommen. Die Reise war zu Ende.

Die fröhliche Mareike

Jeder mochte sie. Es gab keinen, der nicht irgendwas Nettes oder Erheiterndes über Mareike erzählen konnte. Mareike war Anfang dreißig, lebte allein in dieser kleinen Großstadt und verdiente sich lange Zeit ihr Geld mit dem Verkauf und der Präsentation von Kosmetika. Diese bezog sie zu moderaten Preisen von einem Großhändler, der sich mit Frauen wie Mareike eine goldene Nase verdiente. Irgendwann begann sie aber, ihre eigenen Produkte herzustellen und war seitdem erfolgreicher als je zuvor. Keiner hatte derart fantastische Peelings, umwerfend geschmeidige Gesichtscremes und blutrote Lippenstifte wie Mareike. Alles natürlich auf organischer Basis. Niemand zweifelte das an. Warum auch? Selbst wenn sie Produkte aus Tschernobyl oder Fukushima vertreiben würde, hätte man sie ihr aus den Händen gerissen. Auf Mareike konnte man sich verlassen.

Sie war etwas größer als der Durchschnitt, vielleicht nicht ganz so dünn wie die ganzen Möchtegern-Models, aber sie fühlte sich wohl in ihrer Haut. Und das konnte jeder merken. Mareike war genau der Typ Mensch, den jede Frau gerne zur besten Freundin und jeder Kerl gerne als große Schwester gehabt hätte.

Seitdem ihre Familie bei einem tragischen Unfall verstorben war, lebte sie allein in dem Haus. Es war kein großes Haus. Keines, auf das die Nachbarn oder sonst wer neidisch werden konnten. Durchaus zu groß für eine Person, aber auch nicht so groß, dass man es ihr nicht gönnte.

Hin und wieder empfing Mareike ein paar Freunde zu einem gemütlichen Fernsehnachmittag. Und manchmal lud sie ein paar Kunden zu einem geselligen Testen diverser Kosmetika und Make up Variationen ein.

Mareike kannte sich aus. Ohne dabei überheblich oder hochmütig zu wirken. Sie erklärte die unterschiedlichen Wirkweisen der Produkte, schminkte, pflegte, lächelte und freute sich über jeden neuen Gast, den sie bewirten oder verwerten konnte.

Manchmal lief sie in ihren Keller und holte ein neues Produkt hervor. Oft saßen fünf oder sechs ihrer Kundinnen um den großen Esstisch, giggelten und schmierten sich Feuchtigkeitsgels auf Kollagenbasis oder Peelings mit Namen wie »Os cranium« oder »Maxilla« ins Gesicht. Niemanden interessierte, was exakt die Inhaltsstoffe waren. Mareike war fröhlich, und die Lotionen und Cremes wirkten.

Als die vorletzte Frau ihr Haus verließ, hatte Mareike bereits schon wieder alles gerichtet. Die Tiegel, Kondensatoren und Brenner. Es ging ja nicht an, dass bei der nächsten Kosmetikrunde irgendein Mittelchen ausging. Dann ging sie mit der letzten Kundin in den Keller und zeigte ihr das Labor. Und dann lächelte die fröhliche Mareike wieder und griff nach dem Hammer hinter der Tür.

Splitter im Gewebe machten nichts aus. Sie würde ohnehin filtern, sieben und so vorbereiten, dass die nächste Damenrunde keinen Grund hätte, eines ihrer Wundermittel zu beanstanden. Und letztendlich konnte sie wieder versichern, dass sie ausschließlich auf organischer Basis arbeitete. Ausschließlich.

Der Spanner

Es war eindeutig Helmuts Lieblingshotel. Nicht, dass er es schon einmal von innen gesehen hätte, aber es war einfach, das Beste, was sich ihm für sein Hobby anbot.

Die gesamte Westseite lag günstig zu dem Teil des Parks, den kaum einer betrat und den man auch schlecht von einer der Freiflächen einsehen konnte.

Die Bäume standen dicht genug beieinander, aber weit genug vom Fenster entfernt, dass das Licht der Zimmer nicht mehr auf sie fiel.

Hin und wieder verlief sich mal ein Penner hierher, oder eines der knutschenden Teenagerpaare. Die Penner störten Helmut nicht, sie gingen bald wieder, wenn sie merkten, dass es hier keine Bänke gab. Und die Teenagerpaare boten ihm nicht genug, als dass er sich ihretwegen im Gebüsch versteckt hätte.

Die Räume des Hotels hatten helle Wände und waren nicht übermöbliert, wie es in den großen Luxusschuppen üblich war.

Das Beste war die Tageslichtbeleuchtung der Zimmer. Keine Schummerleuchten, bei denen man nicht mal sehen konnte, wenn ein Elefant den Raum betrat, sondern helles, nicht zu grelles Licht, wie zwölf Uhr mittags auf der Straße.

Hier blieb nichts verborgen. Vor allem dann nicht, wenn die Bewohner versäumten, die Vorhänge zu schließen.

Der Clou an diesem Platz war jedoch die Musik aus dem umseitig liegenden Restaurant. Dieses sorgte dafür, dass man zwar die Geräusche aus den Zimmern einigermaßen hören konnte, die Hotelgäste aber außer dem Gedudel der Gaststätte keine Geräusche von draußen wahrnahmen.

In diesem Hotel stiegen meist Paare ab. Ganz selten Einzelpersonen. Und wenn doch, dann konnte man selbst bei denen Glück haben, dass schon jemand auf sie wartete oder eben nachkam, wenn sie abends auf ihr Zimmer gingen.

Das, was Helmut suchte, spielte sich direkt hinter den Scheiben dieses Hotels ab. In manchen Nächten hinter drei verschiedenen Fenstern gleichzeitig.

Helmut war Spanner aus Leidenschaft.

Die Nächte, in denen er keine Paare beim Liebesspiel beobachten konnte, waren verlorene Nächte. Schlechte Nächte waren ebenfalls, wenn es in einem Zimmer ein interessantes Paar miteinander trieb, aber im Nebenzimmer zwei Männer aneinander herumspielten. Im Grunde seines Herzens war Helmut ein unfassbarer Spießer, und Homosexualität stieß ihn ab und versaute ihm den Spaß. Dann kriegte er selbst dann keinen mehr hoch, wenn im Herrenzimmer schon lange das Licht ausgeschaltet war und sein Programm im Nebenzimmer erneut begann.

Zwei Frauen, die aneinander Spaß hatten, waren ja noch okay, aber zwei Kerle? Helmut schüttelte sich.

Von Juni bis September konnte er in der Regel immer erst nach 21 Uhr mit seinem Hobby beginnen. Vorher war es zu hell. Er legte keinen Wert darauf, erwischt zu werden und Ärger mit der Polizei oder dem Hotelbesitzer zu bekommen

Der Sommer brachte Gutes mit sich, aber auch weniger Gutes.

Das Gute war, dass die Leute in lauen Nächten gerne nackt schliefen und ihre Fenster oft weit geöffnet ließen. Dann bekam man außer dem aufregenden Anblick noch ein bisschen erregende Akustik mit. Das Schlechte war, dass viele der Vor-Dinner-Vögler dann bereits fertig waren mit der Spielerei und nach dem Essen nur noch ins Bett gingen, um zu schlafen.

Nun saß er wieder auf einem der unteren Äste seiner Lieblingslinde. Im Laufe der letzten Tage hatte Helmut die Zweige in den besten Blickrichtungen schon weitgehend entlaubt. Blätter, die die Sicht versperrten, waren ihm ein Gräuel.

Zwei Mal war er heute schon in den Genuss von Liebespaaren gekommen. In einer Skala von eins bis zehn hätten die beiden ersten eine gute 8 bekommen und das zweite Pärchen höchstens eine 3.

So ein liebloses Rumgerutsche hatte er schon lange nicht mehr gesehen. Jeder Orgasmus, den die dünne Frau mit den noch dünneren Haaren zeigte, war zu einhundert Prozent nicht gerechtfertigt und auch noch lausig gespielt. Da war jeder drittklassige Porno inspirierender. Bei dem zweiten Pärchen war er sogar so gelangweilt, dass er nicht einen Moment darüber nachdachte, seine Hose zu öffnen und ein bisschen an sich herumzuspielen.

Als Helmut gerade überlegte, ob er sich für den Rest der Nacht vielleicht ein paar Paare unten am See anschauen sollte, gingen etwas weiter oben im dritten Stock die Lichter an.

Die Frau hatte langes, dunkelrotes Haar und wollte gerade die Vorhänge schließen, als sich von hinten ein Mann näherte, der ihre Arme von den Vorhängen nahm und hinter ihrem Rücken zusammendrückte. Die Art, wie er das tat, gab Helmut die Gewissheit, dass sie sich nicht in Gegenwart eines Gewaltverbrechers befand. Ganz offensichtlich würde sich dort oben gleich genau das abspielen, was Helmut als eine glatte 10 auszeichnete.

Frau 10, Mann 10, Performance 10 und Sicht ebenfalls 10. Er dankte dem großen Dunkelhaarigen hinter der Frau bereits jetzt dafür, dass er ein Schließen der Vorhänge verhindert hatte.

Einzig die Tatsache, dass die Äste in Richtung dritter Stock noch ein bisschen viel Laub trugen, war ärgerlich.

Es blieb Helmut nichts anderes übrig, als sich im Baum noch ein bisschen weiter hoch zu arbeiten, wenn er eine optimale Aussicht auf Barbie und Ken haben wollte. Zwei Minuten später hatte er es dann auch geschafft.

Der Ast war stabil und das Blattwerk nicht ganz so dicht, wie er befürchtet hatte. Er machte es sich bequem, und es war auch keine Sekunde zu früh.

Helmut pfiff durch die Zähne. Glücklicherweise drehte das Restaurant ums Eck die Musik noch nicht herunter, obwohl es schon nach 22 Uhr war. So konnte er die kleinen Schreie dieser wunderschönen Nachtigall sogar mit Untermalung von Julio Iglesias schmalziger Stimme hören. So wie er sich erhofft hatte, boten die beiden ihm gerade ein 10 in allen Bereichen.

Schon längst hatte er begonnen, auf seiner Linde zu onanieren. Was für ein aufregendes Spektakel. Seine frühere Freundin meinte immer, dass er dabei grunze wie ein Schwein, aber das war ihm egal. Hier hörte ihn ohnehin keiner, und außerdem hatten auch Schweine Sex.

Um sich zu sichern, schlang er seinen dünnen Schal, den er für genau diese Zwecke mit sich trug, um einen dem Stamm nahen Ast und dann um seinen Oberkörper. Er wusste aus langer Erfahrung, dass er bei heftiger Erregung gerne schon mal das Gleichgewicht verlor. Und wann, wenn nicht jetzt, sollte er aufs heftigste erregt sein? Einer der kleineren Zweige brach und fiel herab. Aber das Paar bemerkt ihn nicht. Ihr eigenes Geschrei und die laute Musik hätte den beiden glatt noch eine extra 10 gegeben, wenn Helmut diese Kategorie geführt hätte.

Bei dem Lärm würde man noch nicht mal hören, wenn er den Baum fällen und in handliche, kleine Holzscheite zerlegen würde. Helmut feixte.

Er rutscht immer weiter vor. Niemand konnte ihn hier sehen oder in irgendeiner Weise bemerken. Sehr beruhigend.

Er überlegte, ob er mit seinem Handy ein paar Erinnerungsfotos machen sollte. Nur für sich. Nicht für die anderen aus dem Spanner- und Exhibitionistenforum. Vorsichtig schob er seinen Arm unter der Sicherungsschlinge hervor, um sein Telefon aus der Brusttasche zu holen. Er klappte die Schutzhülle auf und versäumte auch nicht, den Blitz auszuschalten.

Er mochte hier oben lärmen und masturbieren, wie er gerne wollte, aber ein Blitzlicht würde ihn dann doch auch dem blindesten Huhn verraten. Erfreut über seine Weitsicht kicherte er erneut und hielt das Handy so weit vor seinen Körper, dass die Linse nicht durch ein Blatt oder einen Ast verdeckt wurde.

Aus dem Augenwinkel nahm er eine Bewegung in der Dunkelheit wahr. Nur wenige Äste von ihm entfernt war ein Baummarder auf der Jagd nach einem Eichhörnchenkobel.

Helmut erschrak sich derart, dass er automatisch ein wenig zur Seite rückte, was sich auf einem Ast nicht unbedingt als gute Idee erwies.

Sein Handy glitt von der einen Hand in die andere, und er versuchte es mit einem Nachfassen mit der Linken vor dem vollständigen Herabfallen zu bewahren.

Es war aussichtslos. Sein beinahe neues Samsung war nicht mehr einzufangen und fiel zwischen seinen Fingern hindurch zu Boden.

Helmut fluchte. Zumal er nun bemerkte, dass diese Aktion ihn mehr kostete als sein Handy. Außer seinem Gerät verlor er nun nämlich auch noch sein Gleichgewicht.

So wie sein Telefon zuvor, begann Helmut zwischen den Ästen hinab zu rutschen.

Lediglich der Schal hielt ihn auf. Besser gesagt, er hielt ihn fest. Nachdem er vorhin seinen linken Arm aus der Schlaufe gezogen hatte, glitt nun auch der rechte durch das provisorische Sicherungsseil.

Helmut hatte keine Chance. Mit den Beinen klammerte er sich um den Stamm der Linde. Er wollte nicht schreien. Zu peinlich war die Situation, und er würde auf ewig diesen Platz hier verlieren, wenn ihn jemand so fand. Einen Suizidversuch mit geöffneter Hose hätte ihm keiner abgenommen. Ihm war klar, dass er den Boden noch lange nicht erreichen konnte, und umso fester klammerte er seine Beine um den Baum.

Keine angenehme Stellung, zumal sein Geschlechtsteil begann, sich in der schorfigen Rinde zu verklemmen. Die Hose war ja immer noch geöffnet, und sein bestes Stück hing in kompletter Begleitung seiner Hoden oberhalb des Reißverschlusses.

Mit zunehmendem Zug des Sicherungsschals um seinen Hals erhöhte sich auch der Schmerz zwischen seinen Beinen.

Helmut wusste, dass er mindestens seinen Lieblingsplatz, seine Ehre und die Haut auf seinem Gemächt verlieren würde und begann nun doch, aus vollem Hals um Hilfe zu rufen. Aber die Musik war immer noch unvermindert laut, und auch die Schreie von Ken und Barbie aus dem dritten Stock hatten zugelegt.

Helmut konnte sich nicht mehr halten. Langsam rutschte er Zentimeter um Zentimeter an der Rinde herab.

Der Schal zog sich zu.

Kurz bevor sich seine Beine von dem Lindenstamm und seine Hände vom Schal lösten, hörte er den erlösenden Schrei der Dunkelroten hinter dem geöffneten Fenster. Nein. Diesen Orgasmus hat sie sicherlich nicht vorgespielt.

Als das junge Paar ermattet einschläft, ist auch von draußen kein Laut mehr zu hören. Die Beine des Spanners haben schon lange aufgehört zu zucken, und nur noch das leise Zirpen der Grillen ist zu hören.

Selber schuld

»*Sechstes Opfer in 6 Monaten – keine Spur vom Mörder!*
  Im Ebersberger Forst wurde gestern die Leiche der 26-jährigen Dorothee K. gefunden. Die junge Frau wurde bereits seit letztem Dienstag vermisst (wir berichteten). Heute wurde die entsetzliche Vermutung zur bitteren Gewissheit. Dorothee K. wurde vermutlich schon am Abend ihres Verschwindens von dem Täter erschlagen und später zum Fundort verbracht. Auch ein Sexualverbrechen kann nicht ausgeschlossen werden. Die genaue Tatzeit und das Motiv sind völlig unklar, und aus taktischen Gründen wollen die Ermittler keine weiteren Angaben zur Tat machen. Aber niemand mehr zweifelt daran, dass Dorothee K. von demselben Täter ermordet wurde wie die fünf Frauen, die seit Jahresbeginn tot aufgefunden wurden. Wie konnte der Mörder wissen, wo genau sich sein jeweiliges Opfer zum geplanten Tatzeitpunkt befand? Das ist die zentrale Frage. Und jede Frau in der Stadt hat Angst die Nächste zu sein«

So ein Quatsch! Angelika legte die Zeitung aus der Hand. Sie hatte nicht im Geringsten Angst, irgendwo die Nächste zu sein. Selbst wenn sie in einem ähnlichen Alter war wie die getöteten Frauen und auch von der Statur her den Mordopfern entsprach. Aber sie würde sich nicht so einfach von einem Vollidioten fangen und töten lassen, den die Mutti vielleicht zu lange gestillt hatte oder der von seinem Vater enttäuscht und verdroschen worden war.

Alles hatte immer eine Ursache. Es wird einen Grund haben, warum dieser Mensch Frauen tötete. Irgendwo, tief drinnen, gab es den immer. Irgendein Gerichtspsychiater würde die dunkle Stelle in seiner Vergangenheit finden, die ihn zum Frauen tötenden Monster hatte werden lassen. Und auf der anderen Seite wird es auch einen Grund haben, warum ausgerechnet diese Frauen getötet wurden. Vermutlich sind sie einfach nur zu nachlässig mit ihrem Privatleben gewesen. So offensiv, wie manche mit ihren Daten und persönlichen Informationen umgingen, mussten sie sich nicht wundern, wenn irgendein Spinner sich ihnen an die Fersen heftete und zum Stalker mutierte.

Aussagen wie: »Heute Abend in den Urlaub. Hurra 10 Tage Mallorca«, ließen doch jeden potentiellen Einbrecher in die Hände klatschen. Und genauso war es mit Fotos. Völlig gedankenlos wurden Bikinibilder, Aufnahmen vom Sport und Partyfotos vom letzten Wochenende bei Facebook oder Instagram gepostet. Selber schuld, wenn sich dann irgendein Schwachmat angetriggert fühlte und der Dame nachstellte.

Es war ja nicht so, dass Angelika den Mordopfern kein Mitleid entgegenbrachte. Aber eine gewisse Teilschuld wollte sie bei der ein oder anderen nicht ausschließen.

Sie selbst war da anders. Bei Facebook hatte sie sich anfangs nur mit einem Pseudonym angemeldet und stieg schon nach wenigen Wochen aus dem sozialen Netzwerk wieder aus. Sie konnte mit all der Profilierung und dem wilden Geposte von Fotos und Meinungen nichts anfangen.

Angelika winkte nach der Kellnerin und bestellte sich noch einen Kaffee. Hier fühlte sie sich wohl. Keine Bedrohung weit und breit. Die Menschen, denen sie bekannt war, kannte sie ebenfalls, und niemand hatte das geringste Interesse, ihr etwas anzutun. Angelika zählte sich selbst eher zu den Sicherheitsfanatikern. Sie ließ sich nicht von Unbekannten ansprechen, und sie antwortete eher schroff als jovial, wenn es denn doch mal jemand probierte. Und eines war ihr auch noch wichtig. Keine unnötigen Daten herauszugeben, wenn es nicht zwingend erforderlich war. Soziale Medien konnten ihr gestohlen bleiben. Sie hatte noch ein reales Leben, in einer realen Welt. Nicht so ein virtuelles Tralala. Twitter, Facebook, Instagram. Alles nichts für sie.

Sie ging sogar so weit, dass sie fast nur noch im freien Handel einkaufte. Amazon, Ebay und die Online-Plattformen hatten sicherlich ihr Gutes, aber wollte sie das? Dass irgendwo einer Einsicht nehmen konnte, in das was sie käuflich erwarb? Eine 45-Zentimeter breite Waschmaschine? Stand das nicht absolut für einen Single-Haushalt, dem man dringend weitere Artikel für den fröhlichen oder eben deprimierten Single anbieten musste? Eine Kiste Wein? Vielleicht für den heimlichen Trinker? Nein, so gut es ging, kaufte Angelika im Handel. Dort bezahlte sie dann mit Bargeld, denn auch Kreditkartenrechnungen verrieten eine Menge über den Menschen, der sie benutzte.

Mit einem Menschen hinter einem Tresen konnte sie sprechen. Den konnte sie ansehen und einschätzen. Sie konnte ihn Sachen fragen, wenn sie einen Artikel nicht fand oder mit etwas nicht zurechtkam. So wie vorhin in dem Handygeschäft.

Der junge Mann hinter dem Tresen war freundlich und lächelte sie fortwährend an. Er half ihr bei der Auswahl des passenden Gerätes, legte ihre Chipkarte ein und löschte alle Voreinstellungen und Apps, die Angelika nicht auf ihrem Handy haben wollte. So jemand war einfach nicht zu ersetzen. Einfach ein netter, gut informierter Mensch, der sich auskannte. Mit dem letzten Satz, den er ihr nachrief, als sie den Laden verließ, hatte er sie endgültig von seiner Kompetenz und Fürsorge überzeugt.

»Ich habe ihnen auch noch GPS und Ortung eingestellt. Dann können sie nicht verloren gehen, wenn sie jemand sucht.«

Auge um Auge

Mit dem ersten Schritt, den er durch die Tür setzte, sprangen die Motoren der Jalousien an. Daran merkte er, dass er heute ein wenig besser durch die Stadt gekommen sein musste als sonst. In der Regel schien ihm in den letzten Tagen nämlich schon die Sonne durch die mannshohen Fenster entgegen, wenn er die Praxis betrat. Ein Blick auf die Funkuhr am Eingang verriet ihm, dass es exakt sieben Uhr war.

Wie immer war er der Erste in den lichtdurchfluteten Räumen seiner Augenarztpraxis, und er genoss den Moment der Ruhe. Schon bald würden dort hinter dem Tresen seine drei Sprechstundenhilfen den Tag organisieren, Patienten anrufen und Termine vereinbaren. Jungen, Mädchen, Frauen und Männer jeden Alters würden hier ein und ausgehen, und alle würde sie eines verbinden. Eine mehr oder weniger starke Fehlsichtigkeit.

Mit einem Griff zog Dr. Gerd Schilling den Stapel mit den Unterlagen an sich heran und ging die Liste der Patienten des Tages durch. Nichts Außergewöhnliches. Alles Standarduntersuchungen und Operationen. Es würde ein ruhiger Tag werden. Bei einem Namen blieb er hängen. Schilling runzelte die Stirn. Er las sich die Daten nochmal vollständig durch. Der Name stimmte, und auch das Geburtsdatum verriet, dass sich der Patient im entsprechenden Alter befand. Mit der Karte in der Hand ging er nachdenklich in sein Büro. Dieser Raum hier war sein Heiligstes. Das dunkle warme Holz strahlte Souveränität und Reife aus. Hier durften seine Helferinnen hinein, aber sonst niemand. Für Patientengespräche gab es vier große Behandlungszimmer. Alle hell und freundlich eingerichtet. Dieses Zimmer hier gehörte nur ihm.

An seinem Computer gab er den Namen des Patienten in das Suchfenster ein. Obwohl irgendetwas in ihm hoffte, dass er sich irrte, war ihm klar, dass es keinen Zweifel geben konnte. Der letzte Patient für den heutigen Tag würde voraussichtlich genau jener Mann sein, dem er seine persönliche und private Vorhölle zu verdanken hatte. Gerd Schilling rieb sich die Schläfen. Manchmal trat einem das Schicksal schon gewaltig in den Hintern. Dann saß man da und fragte sich, warum einem manche Dinge einfach nicht erspart blieben. Im Leben ist man eben einfach nur Mensch. Egal, wie viel die anderen in einem sahen.

Er selbst galt beruflich als Koryphäe auf dem Gebiet der Augenlaserkorrektur. Niemand konnte derart sicher eine Brillenschlange hinter bis zu acht Dioptrien hervorholen, wie er, Dr. Gerd Schilling. Auch hielten sich bei ihm die Nebenwirkungen, wie erhöhte Blendempfindlichkeit im Dunklen und Ähnliches nach dem Eingriff weit mehr in Grenzen als bei den meisten seiner Kollegen. Wobei er zugab, dass ihm auch das Glück ein wenig zuspielte. Je stärker die Korrektur, umso höher die Wahrscheinlichkeit einer Nebenwirkung. Das galt selbstverständlich auch für ihn.

Irgendwo hatte er mal gelesen, dass das Lasern von Augen, so wie er es praktizierte, als reine Lifestyle-OP bezeichnet wurde. Nicht lebensnotwendig und auch nicht erforderlich. Lediglich dienlich für Menschen, die genervt waren von Brille und Kontaktlinsen. Eben ein Ego-und Eitelkeitseingriff. Gerd Schilling hatte sich über diese Zeilen sehr geärgert und konnte sie bis heute nicht vergessen. Der Schreiberling konnte kein Betroffener sein. Die Freude eines Patienten, der erstmals ohne fingerdicke Brillengläser durchs Leben lief, oder dessen zunehmende Fehlsichtigkeit für Jahre aufgehalten werden konnte, machte seinen Beruf wichtig. Dienend der Lebensqualität- und Freude. Das Retten von Augenlicht und Sehkraft war für ihn Berufung.

Auch heute standen mehrere von diesen Lasersitzungen an. Eine davon bei diesem Menschen, der gerade in Form seiner Krankendaten vor ihm auf dem Schreibtisch lag.

Was sollte er machen? Ihn ablehnen? An einen Kollegen verweisen? Das konnte er nicht tun. Vielleicht wollte er es sogar gar nicht. Zunehmend reizte ihn der Gedanke diesem Mann nach all den Jahren wirklich gegenüberzustehen.

Ein lautes »Guten Morgen Chef« riss ihn aus seinen trüben Gedanken. Margot ließ die Praxistür hinter sich ins Schloss fallen. Sie war seine beste Kraft. Als sie vor einem Jahr aus dem Mutterschutz zurückkam, hatte er drei Kreuze gemacht und umgehend ihr Gehalt angepasst. Gute Mitarbeiter fand man nicht auf der Straße. Als seine rechte Hand sorgte Margot nicht nur für einen flüssigen Ablauf des Praxisbetriebs, sondern vermittelte eine Ruhe und Sicherheit, von der nicht nur ängstliche Patienten, sondern auch er profitierte.

Als er damals die Praxis eröffnet hatte, war seine Frau noch die wichtigste Mitarbeiterin hier. Dann kamen die Kinder, und wenige Jahre später begannen diese entsetzlichen Tage.

Er bezeichnete diese Zeit als die dunkle Phase. Tage, an denen Ulrike vor Traurigkeit nicht mehr aus dem Bett kam. Tage, an denen sie weinte oder stundenlang aus dem Fenster starrte. Es war eine schlimme Zeit, und er dachte, dass es schlimmer nicht kommen konnte. Die Depressionen fraßen Ulrike nach und nach auf.

Damals war er glücklich, als sie diese Klinik fanden. Der Leiter galt als Spezialist für Depressionen und wollte sich persönlich ihres Falles annehmen. Sein Institut hatte einen guten Ruf, und ein paar Wochen lang wurde alles besser. Der Klinikaufenthalt tat ihr gut. Sie war gerne dort, gliederte sich ein, fühlte sich wohl und schien fast wieder die Alte zu werden. Dann beschloss die Klinikleitung sie vorzeitig zu entlassen. *Austherapiert*, hieß es.

Er selber war entsetzt und schrieb seitenlange Emails und Briefe. Wie konnten diese Menschen so kurzsichtig sein? Ulrike begann sofort wieder zu verfallen. Und es war ein Mittwochmorgen, als ihn die Polizei aus dem Bett klingelte.

Es war noch sehr früh, und die Mädchen schliefen noch. Ulrike hatte sich an dem Tor der Psychiatrischen Klinik erhängt. Von außen. Man hatte sie nicht mehr hineingelassen, und sie hatte sich in ihrer

Verzweiflung mit ihrem Gürtel am schmiedeeisernen Tor der Anstalt das Leben genommen. Gerd Schillings Augen brannten noch heute, wenn er an diese Zeit dachte.

Damals hatte er noch versucht, den Anstaltsleiter zu sprechen, aber niemand wollte ihn empfangen oder Stellung nehmen. Sechs Wochen nach Ulrikes Tod kam dann ein Brief aus der Anstalt. Gerd Schilling hatte das Stück Papier immer noch in seiner Schublade. Abgegriffen und verhasst.

Werte Familie Schilling,

mit Bedauern haben wir zur Kenntnis genommen, dass unsere Patientin Ulrike Schilling vor wenigen Wochen freiwillig aus dem Leben geschieden ist. Wir weisen darauf hin, dass wir alles in unserer Macht Stehende getan haben, um Frau Schilling auf den Weg der Gesundung zu begleiten. Mit ihrer Entlassung am 23. März dieses Jahres, war unsererseits davon auszugehen, dass Frau Schilling sich wieder in einem stabilen Zustand befand. Auch, wenn wir davon überzeugt sind, alles Menschenmögliche für Ulrike Schilling getan zu haben, sind wir uns der Anfeindungen und Schuldzuweisungen bewusst. Zu keiner Zeit ist uns jedoch in der Phase der Behandlung ein nachweisbarer Fehler in Diagnose oder Therapie unterlaufen. Bei den jährlich rund 1900 Patienten unseres Hauses lässt sich leider nicht immer umsetzen, so individuell und flexibel mit den Aufnahmen zu reagieren, wie manche Patienten es gerne hätten. Bei Nachfrage hätten wir Ihnen gerne ein anderes Institut zur Weiterbehandlung empfohlen.

Seien Sie sich unseres Mitgefühls gewiss.

Mit besten Grüßen
i.A. Carola Schmidtle (Assistenz der Geschäftsführung)

Der leitende Professor, der für Ulrikes Behandlung zuständig war, ließ sich noch nicht einmal herab, den Brief selbst zu unterzeichnen. Von einer persönlichen Stellungnahme völlig abgesehen. Die Assistenz der

Geschäftsleitung schrieb diese Zeilen. Reine Formsache. »Wir haben keine Schuld und Basta!«

Es war unfassbar. Ulrike war tot, und niemand sah sich in der Verantwortung. Der Leiter der Klinik hatte ihn nicht ein einziges Mal empfangen. Seine Nachrichten wurden weder beantwortet noch im Empfang bestätigt. Lediglich der verzweifelte Hinweis, sich an die Presse zu wenden, erhielt als Antwort das Schreiben eines Anwalts des Instituts.

Bis heute hatte sich sein Hass auf diesen Mann nicht einen Moment gelegt. Und nun sollte er ihm doch noch begegnen. Hier in seiner Praxis.

Vier Dioptrien sollten korrigiert werden. Nicht die Welt. Eigentlich kein Problem. Aber bei dem Gedanken an diesen Patienten zitterten ihm jetzt schon die Hände.

Die Stunden vergingen, und mit seiner Erfahrung, dem Wunsch seinen Patienten Gutes zu tun, und der besonnenen Art von Margot kam Schilling durch den Tag, ohne dass es Schwierigkeiten gab.

Dann wurde er zum letzten Patienten des Tages gerufen. Das Zittern seiner Hände war immer noch spürbar. Aber er war ein professioneller Mediziner. Er wollte sich nicht von Hass und Rachegedanken verführen lassen.

»Entspannen Sie sich. Ich habe diesen Eingriff schon viele hundert Male durchgeführt.« Der Kopf des Patienten war fixiert. »Es wird nicht wehtun. Und in ein paar Minuten werden Sie sehen, wie schön es sein kann, wenn man ohne Sehhilfe den Blick fürs Wesentliche hat.«

Der ältere Herr lachte. »Ach, Sie wissen ja gar nicht, was ich täglich vor Augen habe. Manchmal wäre ich froh, diese ganzen Idioten nie wieder sehen zu müssen.«

Er hatte ihn tatsächlich nicht erkannt. Woher auch? Er hatte ihn ja nie empfangen. Und er bezeichnete seine eigenen Patienten als Idioten. Menschen in dunklen Phasen wie seine geliebte Ulrike. Für einen Moment blieb Gerd Schilling die Luft weg.

»Dem kann natürlich geholfen werden.« lachte er nun ebenfalls. Leise, ruhig und trocken. Jegliches Zittern war aus seinen Händen gewichen.

Mit einer raschen Bewegung korrigierte er die Einstellung des Lasers. Nicht viel, wenn man es generell betrachtet. Aber eine Welt, wenn es um die Hornhaut des menschlichen Auges ging. Dieser Professor würde voraussichtlich nie wieder sehen können.

Aber was solls? Fehler konnten passieren. Dafür gab es Versicherungen. Und dieser *Fehler* wäre der erste in den vergangenen Jahren, der ihm, Dr. Gerd Schilling passierte. Und die Patientenunterlagen mit dem Hinweis auf eventuelle Probleme und Gefahren hatte der Professor ja glücklicherweise selbst unterschrieben und nicht die Assistentin seiner Geschäftsleitung.

Schon sprang der Laser an, und Gerd Schilling fühlte sich zum ersten Mal nach langen Jahren frei und glücklich.

Schlechte Eltern

Die Sonne schien auf die bunte Rutsche, und der Sand in der Sandkiste wirkte noch sauber und unberührt. Christiane Moser liebte diese ruhigen Morgen, an denen ihr kleiner Hanno seine Förmchen auf den Rand des Sandkastens stapeln konnte, ohne gleich von ein paar anderen, meist älteren Kindern, etwas weggenommen zu bekommen. Christiane liebte ihren Hanno, und sie mochte Kinder. In der Regel. Aber sie hasste Eltern. Eltern, die ihre Kinder nicht im Griff hatten. Denen es nichts ausmachte, wenn diese Gören rauften, mit Sand warfen oder Schimpfwörter über den gesamten Spielplatz schrien, die die Kleineren dann den ganzen Tag wiederholten.

Diese Mütter, die erst gegen zwölf Uhr kamen, weil sie vorher noch einen Termin im Nagelstudio oder beim Friseur hatten. Oder (viel seltener) die Väter, die es genossen, wenn ihr Sohnemann die Schlacht um ein Spielgerät gewann. Rücksichtslose Eltern mit unerzogenen, rücksichtslosen Rotzlöffeln, bei denen die Fortpflanzung besser schon eine Generation vorher hätte scheitern sollen. Dann lieber die russischen oder kanadischen Kindermädchen, denen die Erziehung ohnehin wurscht war, und die lediglich darauf Wert legten, dass sich ihre Schützlinge nicht in ihrer Anwesenheit verletzten.

Hanno war schon zweieinhalb. Er war ein hübsches Kind. Dass er keinerlei Ähnlichkeit mit ihr hatte, machte Christiane nichts aus. Ihr Haar war dunkelbraun. Das von Hanno hellblond. Ihre Augen waren grün, und die von Hanno waren braun. Es war egal. Kein Kind konnte ihr näher sein als Hanno. Gerne hätte sie noch ein Schwesterchen für ihren Sohn gehabt. Johanna sollte es heißen. Aber bisher hatte es sich nicht ergeben. Gleich nachdem sie Hanno bekam, zogen sie um. Die Siedlung wurde ihr einfach zu gefährlich. Hanno sollte glücklich und frei von unnötigen Bedrohungen aufwachsen. Und so kam es auch.

Der Kleine entwickelte sich prächtig, und sie war die beste Mutter, die ein Kind sich wünschen konnte.

Eine Stunde nachdem sie gekommen waren, erschien eine andere Frau. Sie schob einen Kinderwagen vor sich her und begleitete ihre größere Tochter über den Spielplatz. Nach wenigen Minuten stellte sie den Wagen neben die Bank, auf der Christiane saß, und wechselte ein paar Worte mit ihr. Dann wendete sie sich ihrer Tochter mit den Zöpfen zu und forderte sie auf, den Spielplatz zu erkunden. Christiane war froh, dass sie das Mädchen nicht bat, mit Hanno zu spielen. Ein eventueller Streit ums Spielzeug hätte sie gezwungen tätig zu werden, und so lief das Mädchen an Hanno vorbei in Richtung der Rutschen.

Die junge Frau schaute noch einmal in den Kinderwagen und ging dann gelassen ihrer spielenden Tochter hinterher.

Minutenlang beobachtete Christiane den Umgang der beiden miteinander. Sie mochte die Frau nicht. Zu unverbindlich, zu hübsch und gepflegt für eine hingebungsvolle Mutter, und zu nachlässig mit ihrem Baby. Außerdem hatte sie bereits zweimal auf ihr Handy geschaut. Das war für Christiane der ultimative Beweis dafür, dass die Frau, so wie viele andere auch, völlig falsche Prioritäten setzte. Jetzt begann sie sogar zu telefonieren, während sie mit einer Hand ihre Tochter auf der Schaukel anschob. Das Mädchen war vielleicht fünf oder sechs Jahre alt. Jetzt in den Sommerferien musste man damit rechnen, dass sich auch noch ein paar Erst- oder Zweitklässler hier tummelten. Christiane mochte das nicht so gerne.

Dass die Frau aber, während sie so fröhlich telefonierte, ihren Kinderwagen mit dem Baby immer wieder aus den Augen ließ, fand sie geradezu unverantwortlich. Was wenn die Kleine aufwachte und weinte? Sie würde es kaum bis zu den Schaukeln hören. Mit dem Fuß stupste Christiane den Kinderwagen vorsichtig an. Aber außer der Bewegung einer kleinen Hand konnte sie im Wagen kein Erwachen erkennen. Sie rutschte ein wenig näher an den hellbeigen Wagen mit der rosafarbenen Decke heran.

Das Mädchen in dem Kinderwagen war so blond wie Hanno. Die Augenfarbe konnte sie nicht erkennen. Die Kleine schlief fest.

Mit jeder Minute, die Christiane die Mutter des Kindes beobachtete, wuchs der Hass auf diese Frau. Wie konnte sie ihr Kind nur derart aus den Augen lassen? Was wenn nun jemand käme, der es böse meinte? Theoretisch könnte jederzeit jemand kommen und das Kind aus dem Wagen nehmen. Hanno winkte seiner Mutter von dem kleinen Klettergerüst zu. Christiane winkte zurück. Er war ja schon so selbstständig. So ein liebes Kind verdiente nur die allerbeste Mutter.

So wie die Kleine hier vermutlich auch.

Außer ihnen war noch immer kein anderer auf dem Spielplatz. Christiane blickte sich um.

Niemand da. Absolut keine Menschenseele weit und breit. Aus ihrer Tasche holte Christiane die Kekse. Die Box hatte zwei abgetrennte Fächer. Und in beiden waren Schokokekse. Natürlich glutenfrei. Man wusste ja nie. Nicht, dass die Kekse noch wegen einer Allergie abgelehnt werden konnten. Vorsichtig langte Christiane nun in den Kinderwagen. Das Herz tat ihr weh, als sie die Kleine unter der Decke ein wenig rütteln musste, so dass sie aufwachte. Schnell zog sie ihre Hand wieder zurück, denn das kleine Mädchen reagierte schnell, und nach ein paar unglücklichen Glucksern begann sie laut und kräftig zu schreien.

Ohne zu zögern begann Christiane den Wagen sanft hin und her zu schaukeln und nach der Mutter des Babys zu rufen. Die junge Frau kam langsam herüber. Viel zu gemächlich und gänzlich unaufgeregt. Christiane widerte diese Haltung an. Aber sie lächelte und winkte auch dem kleinen Mädchen zu, das hinter seiner Mutter hertrottete. Es war an der Zeit.

Während die junge Frau begann, dem Baby im Wagen über den Kopf zu streicheln, griff Christiane zu der Keksschachtel und bot dem kleinen Mädchen mit den blonden Zöpfen eines der Gebäckstücke an. Die Kleine zögerte. Eigentlich ein guter Zug, dachte sie. Kinder sollten nichts von Fremden annehmen. Mit einem Lächeln bot Christiane dementsprechend auch der Mutter von den Keksen an. Diese bedankte sich nett, setzte sich neben Christiane auf die Bank und schob sich das Plätzchen in den Mund. »Die sind aber fein. Selber gebacken?«

»Aber natürlich. Ich möchte immer genau wissen, was mein Sohn zu sich nimmt.«

»Greif zu Sofia, die Kekse sind großartig. Die Dame hat sie selber gebacken.«

Mittlerweile kam auch Hanno dazu und bat um einen Keks. Seine Mutter nahm einen aus der Box und reichte ihn ihrem Kind. Dann griff auch das blonde Mädchen zu.

Die junge Frau war vielleicht gar nicht so eine schlechte Mutter. Aber verdiente die Kleine im Wagen nicht die allerbeste Mutter, die sie sich vorstellen konnte? Dass die Kekse ihre Wirkung nicht verfehlten, erkannte sie am glasigen Blick der Frau. Sofia wurde ebenfalls ganz schwindelig und Christiane zog das Kind auf die Bank, damit es nicht hinfiel. Schon eine Minute später sah es so aus, als ob hier Mutter und Tochter auf der Bank vom Schlaf übermannt worden seien.

Christiane stand auf, sammelte Hannos Förmchen aus der Sandkiste, stellte das Eimerchen unten in den Kinderwagen und rief nach ihrem Sohn. Ruhigen Schrittes und mit einem Lied auf den Lippen verließ sie mit ihren Kindern den Spielplatz. Das Lätzchen mit dem aufgestickten Namen Celina warf sie aus dem Kinderwagen in den Mülleimer. Das Kind im Wagen hieß Johanna. Sie musste es wissen. Sie war doch ihre Mutter. Die beste, die sie sich vorstellen konnte.

Die Frau am Fenster

Er beobachtete sie nun schon seit über einem Jahr. Immer nur an den Abenden. Das kleine Bistro auf der anderen Seite der Straße war fast jeden Tag der Woche zwischen 19 und 21 Uhr sein Zuhause. Hier ließ man ihn in Frieden. Sein Tee und sein Abendessen waren günstig und gut, und er genoss die Ruhe und das fehlende Bedürfnis der anderen, ihm unnötige Fragen zu stellen. Er saß stets auf seinem Stammplatz, bekam einen Tee, dann das Tagesgericht und zum Abschluss ein kleines Bier. Das Geld legte er neben das leere Glas. Nicht zu viel und sicher auch nicht zu wenig Trinkgeld. Und dann verließ er das Lokal.

Seitdem er das erste Mal dieses Bistro betreten hatte, fiel sein Blick auf die gegenüberliegende Wohnung.

Das Haus war zu jung für einen Altbau und zu alt, als dass man es teuer vermieten konnte.

Vier Geschosse erstreckten sich in dunklem Grau bis unter ein rot gedecktes Dach. Die Ecke des Hauses beschrieb eine Rundung, und vermutlich hatte vor langer Zeit einmal ein Geschäft seinen Eingang an der nicht mehr genutzten Treppe gehabt.

Er lebte noch nicht lange genug in dieser Stadt, um hier Näheres zu wissen. Es interessierte ihn auch nicht, was früher dort war. Wichtig war, dass *sie* jetzt dort lebte. Das Haus hatte keine Jalousien, und so zogen die Bewohner, wenn es dunkel wurde oder sie zu Bett gingen, lediglich die Vorhänge zu. Als Schutz vor fremden Blicken am Abend oder weckenden Sonnenstrahlen am frühen Morgen. Ihre Vorhänge waren hellrot.

Sie konnte nicht älter als dreißig sein. Einmal glaubte er, hätte er sie bei Tage auf dem Markt gesehen. Aber er war sich nicht sicher.

Manchmal fühlte er sich der Frau sehr nahe, obwohl eine zweispurige Straße sie trennte und sie sich überhaupt nicht persönlich kannten.

Jerome wusste, dass ihre Abende nahezu ähnlich trist abliefen wie die seinen. Wenn er das Lokal betrat, war sie schon zuhause. Sie blickte eine Weile aus dem Fenster und steckte sich die Haare mit einer Spange auf dem Hinterkopf zusammen. Dann nahm sie sich einen Stapel Briefe aus dem Regal, setzte sich auf den großen Sessel am Fenster und begann zu lesen.

Er wusste nicht, ob es immer dieselben Briefe waren oder ob neue hinzukamen, aber ihre Reaktion war allemal ähnlich. Sie las, weinte, löschte dann das Licht und betrat eines der hinteren Zimmer, das er nicht einsehen konnte.

Nachdem er dieses Szenario schon über vier Jahreszeiten hinweg beobachtet hatte, beschloss er, ihr einen Brief zu schreiben. Ihr zu schreiben, wie schön er sie fand und wie nahe er sich ihr fühlte. Sie wirkte so einsam. Was konnte schon passieren? Mit Grauen dachte er einen Moment daran, dass sie dann abends die Vorhänge zuziehen und ihn aus ihrem Leben aussperren könnte. Und so schrieb er diesen Brief.

Wochenlang trug er die mit feiner Handschrift niedergeschriebenen Zeilen mit sich herum und konnte sich nicht überwinden, sie einzuwerfen. Und jeden Abend, wenn er ihr trauriges Gesicht hinter der Scheibe sah, sagte er sich: Morgen. Morgen werde ich es tun.

Es war ein Dienstag, an dem er allen Mut zusammennahm. Das Blut pumpte in seinen Ohren, als er den Brief in den grauen Kasten einwarf, dessen Farbe schon vor Jahren vom Metall zu splittern begonnen hatte.

Es war ein heller Tag, und er stellte fest, dass sie schon Zuhause sein musste. Von der anderen Straßenseite aus konnte er erkennen, dass sie bereits auf dem Sessel saß.

Eiligen Schrittes ging er fort. Heute Abend würde er wissen, wie sie darauf reagierte.

Als er am Abend das Lokal betrat, wagte er kaum hinüber zu sehen.

Die Vorhänge waren immer noch geöffnet. Sein Herz machte einen Satz. Sie hatte ihn nicht aus ihrem Leben ausgesperrt. Er durfte sie immer noch sehen.

Wieder saß sie im Sessel. Sie schien zu schlafen. Ihr Haar bedeckte die Hälfte ihres Gesichtes, und er schauderte. Sollte sie krank sein?

Er trank seinen Tee und hoffte, dass sie aufstehen und sich am Fenster ihr Haar aus dem Gesicht stecken würde. Aber sie tat es nicht. Sie saß. Ruhig und bewegungslos. Auch die Briefe nahm sie nicht aus dem Regal.

Er zahlte und ging.

Was hatte das zu bedeuten? Wieso änderte sie ihre Rituale. Kein aus dem Fenster sehen, kein Briefe lesen. Ihr Anblick und ihr Verhalten beunruhigten ihn zutiefst. Sollte sein Brief etwas verändert haben?

In dieser Nacht konnte Jerome kaum schlafen, und auch den Tag verbrachte er in Gedanken.

Am nächsten Abend waren die Vorhänge zugezogen. Er erschrak. Dann er fasste sich ein Herz und fragte die Kellnerin, ob sie wisse, wer dort gegenüber wohne.

»Ja haben Sie es nicht gehört? Die junge Frau hat sich gestern Morgen das Leben genommen. Sie haben sie heute abgeholt. Die Tabletten standen noch auf dem Tisch.«

Heute aß er nichts. Er zahlte dennoch und ging. Er würde nicht wieder hierher kommen. Als er die Straßenseite wechselte, sah er die Ecke seines Briefes immer noch aus dem Postkasten ragen.

Er hob die Klappe an und zog seine Zeilen wieder hervor. Noch bevor er seine Wohnung wieder erreichte, hatte er den Brief in einer der zahlreichen Papiertonnen auf dem Weg zurückgelassen. Dann ging er nach Hause und zog seine Vorhänge zu.

Gefällt mir

Es waren 163 Likes. Ganze sieben weniger, als bei ihrem Beitrag gestern. Sie fröstelte. Wie konnte das passieren? Warum taten sie ihr das an? Sie hatte genau 489 Kontakte. Freunde. Und nur 163 von denen hatten ihren blauen Daumen unter ihren Beitrag gesetzt. Dabei hatte sie sich solche Mühe gegeben.

Sie scrollte durch ihre Chronik und stellte fest, dass nicht nur die Zahl der Likes auf ihrem aktuellen Posting geringer war als gestern, sondern dass sich die Zahl der Likes auf den vorherigen Postings und Kommentaren ebenfalls verringert hatte. Nun schob sie den Cursor wieder nach oben. Dort traf sie dann vollends der Schlag. Sie hatte nur noch 488 Kontakte. Jemand hatte sich entfreundet und sie zusätzlich mit der Wegnahme diverser »gefällt mir«- Bekundungen bestraft. Gerlinde lehnte sich zurück. In ihrem Hals fühlte sie eine Enge, und auch ihr Brustkorb zog sich schmerzhaft zusammen. Warum? Wer tat ihr das an?

Wieder und wieder ging sie die Liste ihrer Kontakte durch. Wer fehlte? Wer hatte sie hier zum Gespött der Leute gemacht? Einfach aus dem Freundeskreis geworfen worden zu sein, war wie ein Schlag ins Gesicht. Mit ein paar Blatt Papier neben ihrem Laptop machte sich Gerlinde auf die Suche nach der abtrünnigen Person. Immer wieder glaubte sie, herausgefunden zu haben, welcher ihrer Freunde sie derart vorgeführt hatte, und eine tiefe Wut und Empörung baute sich in ihr auf. Dann aber fand sie den betreffenden Kontakt zwischen all den anderen wieder, beruhigte sich für einen Moment und suchte dann weiter.

Sie hasste sich selbst für ihre schlampige Buchführung. All die Jahre hatte sie sich vorgenommen, genauer zu protokollieren, wen sie in den Kreis ihrer Freunde aufnahm und wer wiederum sie selbst als Freundin hinzufügte.

An manch sonnigen Tagen hatte sie gleich mehrere Freundschaftsanfragen, manche schrieben ihr sogar noch eine Nachricht dazu. Die schönsten Tage waren aber, wenn ihr etwas Hübsches einfiel, was sie posten konnte. Schon lange wusste sie, dass es weit mehr Likes für ein Foto mit süßen Tieren gab, als für irgendein kritisches Statement. Wenn man richtig viele Likes generieren wollte, dann schrieb man heutzutage etwas über diese Ausländer, die ins Land einfielen wie die Heuschrecken. Dann konnte man vor dem Rechner sitzen bleiben und im Minutentakt neue »gefällt mir« zählen.

Allerdings – und das missfiel Gerlinde – gab es dann auch zahlreiche Kommentare, die einen beschimpften und sagten, für wie dämlich sie einen hielten.

Gerlinde hatte das schon bei vielen anderen Usern beobachtet. Viel Zuspruch, aber auch viel Gegenwind. Nein. Böse Kommentare mochte sie nicht. Außerdem hatte sie selbst ja auch kein Problem mit Ausländern. Sie kannte ja kaum welche, und die, die sie kannte, waren in der Regel alle nett.

Welchen Grund sollte es geben, sich zu entfreunden? Sie zu entfreunden?

Sie hätte sich gerne einen Kaffee geholt, aber zum einen war sie viel zu aufgeregt, und zum anderen hasste sie es, an den Stapeln mit schmutziger Wäsche und Essensresten vorbeizugehen, um an die Kaffeemaschine heranzukommen.

Sie musste herausfinden, was passiert war. Stück für Stück ging sie ihre Postings der letzten Wochen durch. Ihr Aktivitätsprotokoll hatte akribisch festgehalten, wenn sie etwas geschrieben, kommentiert oder mit einem »gefällt mir« versehen hatte.

Sie konnte nichts finden, was an irgendeiner Stelle den Unmut ihrer Freunde hätte wecken können. Sie scrollte noch ein wenig weiter zurück. Hier fanden sich noch Bilder von den zwei Kätzchen, die sie sich extra dafür zugelegt hatte.

Graues Kätzchen in der Blumenvase. Zwei Kätzchen zwischen ihren Schuhen. Das schwarz-weiße Kätzchen bei Sonnenschein auf der Fensterbank. Jedes Bild hatte über zweihundert Likes. Gegen Ende ließ das mit den »gefällt-mir« bei den Katzenbildern nach, und Gerlinde vergaß immer häufiger die Kätzchen zu füttern, und mittlerweile wusste sie noch nicht mal mehr, wo die beiden lagen. Irgendwo im Wohnzimmer hatte sie zwischen den Kissen etwas Schwarz-weißes gefunden. Aber da der Gestank in der Wohnung in der Zwischenzeit so groß geworden war, hatte sie sich ihren Rechner in das Schlafzimmer geholt. Hier auf dem Bett hatte sie noch genügend Platz.

Früher, als Wolfgang noch lebte, hätte es so etwas nicht gegeben. Da herrschte hier noch Ordnung. Nachdenklich erhob sich Gerlinde. Durch das Fenster konnte sie den Wagen eines Lieferdienstes erkennen und spürte mit einem Mal auch dieses leere Gefühl im Magen. Sie zog sich den fast leeren Karton eines Pizzaservices heran, suchte das Telefon zwischen ihren Sachen auf der Kommode und wählte konzentriert die Nummer. Sie würde sich gleich drei Pizzen bestellen. Dann bräuchte sie an den kommenden Tagen nicht zu telefonieren. Sie hasste das.

Mit Menschen sprechen war so ziemlich das Unangenehmste, was sie sich für den Alltag vorstellen konnte. Sie mochte schon früher keinen engen Kontakt zu irgendwelchen Leuten, aber heute schloss sie alles aus, was über einen freundlichen Gruß ohne Körperkontakt hinausging.

Seitdem einer der Pizzalieferanten mal gesagt hatte, dass es bei ihr stinke wie im Affenhaus, schob sie den Fahrern immer das Geld unter der Tür durch und bat sie, die Kartons abzustellen und das Haus zu verlassen.

Sie musste diesen Idioten nicht auch noch ins Gesicht sehen.

Kaum hatte sie das Essen bestellt, setzte sie sich wieder auf das Bett.

Ihr Herz tat einen Stolperer, als sie feststellte, dass ihr letztes Posting in den vergangenen Minuten etwas aufgeholt hatte. Es fehlten nur noch zwei Likes im Vergleich zu gestern.

Was ihr aber noch mehr Freude bereitete, waren zwei neue Freundschaftsanfragen. Ihr schossen die Tränen in die Augen, und eine Welle von Liebe überrollte sie.

»Schau nur Wolfgang. Sie mögen mich doch.«

Gerlinde schob die bekritzelten Papierblätter vom Bett und wandte sich nach rechts. Mit spitzen Fingern zog sie die Frischhaltefolie über dem mumifizierten Körper zurecht. Sie würde bald wieder nachwickeln müssen. Es begann in der Tat schon wieder unangenehm zu riechen. Dann wandte sie sich wieder ihrem Laptop zu, kopierte eines dieser hübschen Strandbilder mit ein paar jungen Leuten und fügte ein »Zwei Wochen Party mit den Besten« hinzu. Das würde ohne Zweifel wieder für Begeisterung sorgen. Und zur Not könnte sie sich auch wieder eine Katze kaufen.

Versetzt

Sie waren verabredet. Und seine Unaufmerksamkeit kostete ihn schon wieder ein paar Schrammen am Wagen. Die Felgen schrabbten am Randstein entlang, und mit Schwung hatte er den vor ihm stehenden Wagen touchiert. Pech für den Wagen. Sein Glück, dass es offenbar keiner bemerkte. Hier draußen war kein Mensch auf der Straße.

Die Aufregung hatte ihn ein bisschen vorglühen lassen. Er sollte sie abholen und stand nun schon seit dreißig Minuten vor ihrer Tür. Im Radio spielten sie »Stand by me« von B.B. King, und das Wimmern, dass er vorhin gehört hatte, war verklungen.

Da musste irgendwo in einem dieser Häuser ein Baby geschrien haben. Oder ein Hund wartete zu lange auf sein Herrchen. Egal. Er drehte sich eine Zigarette. Aus dem Augenwinkel nahm er eine Bewegung vor sich wahr. Aber als er aufschaute, gab es nichts zu sehen. Wahrscheinlich ein Vogel, der sich für einen Moment vorne auf die Kühlerhaube gesetzt hatte. Und genau dort sah er durch die leicht verschmierte Windschutzscheibe einen dunklen Fleck.

Jetzt hatte ihm dieser Scheißvogel auch noch auf den Lack gekackt! Egal. Es war ja nicht so, dass er mit einem Benz aus der Waschanlage kam und sich ernsthaft hätte aufregen müssen. Sein Wagen wurde ohnehin nur noch von Dreck und geklauten Ersatzteilen zusammengehalten.

Rauchen war scheiße, dass wusste er. Aber er hatte nicht die Energie, damit aufzuhören. Wenn sie irgendwann mal ein echtes Paar wären und sie ihn darum bitten würde, dann könnte er es schaffen. Oder auch nicht. Aber jetzt würde er das Ding erst mal anzünden. Mit der Hand fuhr er sich durch sein hellbraunes, dichtes Haar. Straßenköterblond nannten es seine Freunde.

Gute Freunde. Eher Kollegen von der Baustelle. Was die anderen sagten, war ihm aber auch egal. Die Zigarette im Mundwinkel, versuchte er, sich mit dem Taschenmesser die schwarzen Ränder unter den Nägeln wegzukratzen. Er wollte ja etwas hermachen. So gut es eben ging oder nötig war. Kaum dass er aufgeraucht hatte, schnippte er die glimmende Kippe über die Kühlerhaube in Richtung des vor ihm stehenden Wagens. Irgendwo wimmerte wieder dieses Kind. Oder eben der Hund. Egal.

Weitere zehn Minuten waren vergangen, und es beschlich ihn das Gefühl, dass sie ihn versetzen wollte. Kein gutes Gefühl. Bei ihr hatte er nicht damit gerechnet. Sie war ein nettes Mädchen. Ein ehrliches Mädchen. Keine, die einfach nur von einem Typen flachgelegt, geschwängert und dann ernährt werden wollte, sondern eine von den guten. Die ihr eigenes Geld verdienten und irgendwann mal ausziehen wollte aus der Wohnung, in der ihr Alter vermutlich genauso seine Frau verdrosch wie in anderen Familien auch.

Er hatte sie im Diners kennengelernt, wo sie von Freitag bis Sonntag arbeitete. Vier Wochen lang hatte er sie angelächelt und sich von ihr den Kaffee bringen lassen. Dann traute er sich, sie zu einem Essen ins neue Burgers einzuladen. Ein Lokal am anderen Ende der Stadt. Eines, wo er wusste, dass ein Burger noch ein Burger und kein High-end-Designer-Bratling mit drei unterschiedlichen Brötchensorten war. Außerdem wusste er, dass er sich dort wohl auch ein Essen für zwei leisten konnte. Denn dass er bezahlen würde, war ihm klar. So viel Gentleman war er dann doch noch.

Als er auf die Uhr sah, sackte sein Herz ein bisschen ab. Er wartete nun schon eine geschlagene Stunde. Aussteigen und nachfragen kam nicht in Frage. Er wusste ja gar nicht, wo er klingeln sollte. Sie hatte ihm nur gesagt, er solle vor dem längst verschlossenen Kleinwarenladen halten und auf sie warten. Die Scheiben des Ladens waren an manchen Stellen eingeworfen. Jugendliche aus der Gegend hatten sich an dem verlassenen Geschäft ihr Mütchen gekühlt. Wahrscheinlich hatten sie auch noch ausgeräumt, was vom Eigentümer zurückgelassen wurde. Es war nicht sein Laden, und es konnte ihm egal sein. An den dunklen Häusern konnte man kaum Klingelschilder ausmachen. Und dort, wo sich Schilder fanden, standen Namen von Menschen, die garantiert schon längst auf dem Zentralfriedhof lagen oder schon vor langer Zeit fortgezogen waren. Hier mochte keiner bleiben. Er auch nicht. Er konnte das verstehen. Wenn hier etwas passierte - ein Raub, eine Vergewaltigung - dann brauchte sich der Täter nicht ernsthaft Gedanken zu machen. Entweder wurde er gar nicht gesehen, oder die Leute schauten weg. Dann wurde er eben auch nicht gesehen. So lief das hier. Scheißgegend.

Das mit Evelin sollte anders sein. Ein paar Dates, ein gemeinsamer Plan. Familie.

Schon längst hatte er sich seinen Flachmann aus der Klappe der Mittelkonsole herausgeholt und ihn schon bis zur Hälfte geleert. Sie würde nicht mehr kommen. Er nahm noch einen Schluck. Entweder würden ihre Eltern sie irgendwo hinter diesen Mauern festhalten und ihr verweigern, sich mit so einem Spinner wie ihm zu treffen, oder sie hatte sich ganz einfach gegen ihn entschieden. Er würde damit leben müssen. Kein Problem. Dann würde er sie eben nicht mitnehmen. Aus dieser Gegend, aus diesem Leben.

Als er den Pick Up anließ, um wieder in seinen Teil der Stadt zu fahren, hörte er noch einmal das Wimmern irgendwo da draußen.

Da ist jemand genauso unglücklich wie ich, dachte er. Dann setzte er versehentlich noch einmal nach vorne, wo er mit einem Knacken erneut den vorderen Wagen berührte und gleich wieder zurück, um mit quietschenden Reifen diese Straße zu verlassen.

Den Schaden würde er sich später ansehen. Er hätte sie so gerne mit seinem Wagen mitgenommen. Jetzt wollte er einfach nur noch weg hier.

Er wusste nicht, dass Evelin sich mit ihm auf den Weg machte. Die Atmung hatte schon vor einigen Sekunden aufgehört. Das zweite Auffahren auf den Vordermann hatte sie schon gar nicht mehr gespürt. Sie hatte sich gefreut, als sie ihn hat kommen sehen. Und sie versteckte sich so hinter dem Wagen ihres Vaters, dass der alte Herr sie von oben nicht sehen und zurückhalten konnte. Sie wollte mit ihm fahren. Mit ihm und seinem Pick Up.

Und letztendlich tat sie es auch.

Ein gutes Herz

Er hatte die Kleine schon in der Messehalle auf dem Radar. Zierlich. Gut gebaut. Hübsche runde Kunstbrüste und einen kleinen knackigen Arsch.

So wie sie auf ihren dunkelroten Highheels vor ihm her stöckelte, war sie sich absolut im Klaren, was sie bei ihm und den anderen Kongressbesuchern auslöste. Ihre prallen Backen zeichneten sich unter dem hellgrauen Flanellrock ab. Die weiße Bluse verbarg alles und nichts. Für seine Verhältnisse ein Knopf zu viel geschlossen, aber in der Form unschlagbar. Gerne hätte er sie mal durch eine Kühlkammer geschoben, um zu sehen, ob ihre Brüste noch auf Kälte reagierten. Nicht selten verbesserte ein mäßig guter Operateur die Form, verpfuschte aber die Nerven.

Seinem Kompagnon fielen fast die Augen aus dem Gesicht, als er sie auf dem Stand der medizinischen Fakultät sah. Mit deutlichem Kennerblick bezeichnete er sie als das perfekte »Standgebläse« und begann, sie mit seinen wässrig blauen Augen hinter der Brille auszuziehen.

Aber Carl wusste, dass er es war, der sie schon am selben Abend in seinem Bett haben würde.

Greg kannte vielleicht die richtige Bezeichnung für diese Frau, aber bekommen würde er sie nicht. Greg war untersetzt mit beginnender Halbglatze. Ständig trug er sein Asthmaspray in der Hand und sprühte es sich in den Rachen. Egal, ob Kunden oder Mitarbeiter in der Nähe waren oder nicht. Greg war ein Verlierer. Er, Carl, er war ein Gewinner.

Sie würde ein Fest werden. Er nahm sich vor, sie erst mit etwas Charme, unterdrücktem Interesse und Champagner um den Finger zu wickeln und dann in seinem Hotelzimmer flachzulegen.

Bevor er auch nur das erste Wort an sie richtete, hatte er sie gedanklich schon in jeder erdenklichen Position ins Nirwana gevögelt.

Im besten Fall könnte er sie überzeugen, alle drei Kongresstage und -nächte für ihn da zu sein. Danach würde er sich wieder anderen Dingen widmen.

Es war ein Leichtes, mit ihr ins Gespräch zu kommen. Sie gehörte zu den Außendienstlern eines Forschungsinstituts. Und obwohl es ihn nicht wirklich interessierte, ließ er sich ausführlich erklären, dass sie für den Marktführer in Sachen physischer Optimierung tätig war.

Physisch sei sie sicherlich nicht mehr zu optimieren, flüsterte er ihr verschwörerisch ins Ohr und zwinkerte ihr mit seinem große-Jungs-Charme zu.

Keine dreißig Minuten später hatte er ihre Nummer, und keine fünf Stunden später saßen sie beim Dinner.

Alles lief nach Plan. Der Smalltalk bewegte sich noch auf völlig neutralem Boden. Er liebte diesen Blick bei Frauen, wenn er von seinen sportlichen Erfolgen als Zehnkämpfer erzählte. Es stimmte zwar nicht, dass er nur knapp die Medaillenränge der vorletzten WM verpasst hatte, aber mehrere Landesmeisterschaften standen tatsächlich auf seiner Erfolgsliste. Früher.

Sie hieß May-Lynne und nippte hin und wieder an ihrem Champagner. Er hatte im Gegensatz zu ihr schon fast den dritten Black Label intus.

Guter Whiskey war von allen Alkoholika sein Favorit. Gleich nach Flachleger-Champagner. Der wirkte in der Regel zweimal. Erst am Gaumen, dann im Bett.

May-Lynne war neugierig. Carl hielt das im Grunde für keine schlechte Eigenschaft. Vorausgesetzt, es bezog sich nicht nur auf Smalltalk. May-Lynnes Interesse an ihm war süß und charming. Sie wollte wissen, ob es bei ihm außer der Vorliebe für Whiskey noch andere »Sünden« gäbe. Sie lächelte ihn an, und er wusste genau, dass es nicht mehr lange dauerte, bis er zum Angriff blasen konnte. Diese Frau ließ sich im Sturm nehmen. Daran bestand kein Zweifel.

Vehement sprach Carl sich gegen das Rauchen von Zigaretten und Drogenkonsum aus. Das fiel ihm leicht. Von Kindesbeinen an verabscheute er den zweifelhaften Genuss von Nikotin, Gras oder anderen Substanzen. Seine Gesundheit stand bei ihm hoch im Kurs, erklärte er und lächelte wieder dieses Lächeln, dem sich bisher kaum eine Frau entziehen konnte.

Er wolle mindestens neunzig Jahre alt werden, teilte er ihr mit und nahm den letzten Schluck aus seinem Glas.

Und das sei keine Utopie. Sowohl auf mütterlicher als auch auf väterlicher Seite sei die Altersgrenze von hundert schon mehrfach überschritten worden. Bei bester Gesundheit selbstverständlich.

Unter dem Tisch spürte er ihren Fuß. Sie war aus ihrem Schuh geschlüpft, und ihre Zehen bewegten sich langsam aber zielstrebig nach oben. Noch bevor ihre Zehen zwischen seinen Knien angelangt waren, hatte er eine Erektion, hart wie Teakholz.

May-Lynne ging ganz schön ran, doch nie verlor sie dieses unschuldige Lächeln in ihren Augen und die süßen Grübchen rechts und links neben ihrem Mund. Carl strahlte sie von der anderen Tischseite her an, wollte aber noch nicht zu erkennen geben, dass sie mit ihrem Verhalten und ihrer Zielstrebigkeit einen Volltreffer landete.

Das Menü vollständig zu verzehren war ausgeschlossen. Er würde sie womöglich nicht ewig auf Betriebstemperatur halten können und winkte mit einem kurzen fragenden Blick nach dem Kellner. Heute würde May-Lynne seine Nachspeise sein. Und er die ihre.

Obwohl er es war, der etwas getrunken hatte, griff er führend nach ihrer Taille, als sie das Lokal verließen. Die Frage, ob sie vielleicht noch einen Absacker an seiner Hotelbar trinken wollte, war rein rhetorisch. May-Lynne gehörte, so wie er selbst auch, nicht zur geduldigen Sorte. Vor allem, wenn sie sich erst einmal sicher war, was sie wollte. Und wo sie es wollte.

Als er dem Taxifahrer die Adresse seines Hotels angab, fiel ihm May-Lynne ins Wort. Sie beugte sich vor und bat den Fahrer stattdessen, zu einer anderen Adresse zu fahren, dabei berührte sie ganz zufällig Carls Hand mit ihren Brüsten. Dann flüsterte sie Carl ins Ohr, dass sie sich zu Hause wohler fühlen würde und entspannter sei. Carl lächelte. Ihm sollte es recht sein.

Sie fuhren einige Kilometer aus der Stadt heraus. Die Häuser wurden unpersönlicher und etwas steriler. Immer noch eine Wohnsiedlung, aber keine Gärten mehr, und nur noch wenige von Designern gestaltete Grünflächen unterbrachen das helle Grau der Mehrfamilienhäuser.

Vor einem langgezogenen, fünfstöckigen Gebäude kam das Taxi zum Stehen. Er zahlte das Fahrgeld und überlegte, ob er den Fahrer nicht gleich nach seiner Nummer fragen sollte, so dass dieser ihn in ein paar Stunden hier abholen könnte. Aber May-Lynne nahm seine Hand und zog ihn aus dem Wagen. Das Taxi war noch nicht ganz verschwunden, als die zierliche Frau Carl zum ersten Mal küsste. Lang, zärtlich und intensiv. Und genau so, dass kein Mann der Welt auch nur einen weiteren Moment darüber nachdenken konnte, wie er hier wieder wegkäme.

Es waren noch etwa hundert Meter bis zu ihrem Haus, wo sie mit flinken Fingern einen Zahlencode eingab, der die Tür mit einem Summen öffnete.

Keine Schlüssel mehr. Sehr modern. Sehr fortschrittlich, dachte Carl und begann noch im Aufzug, der ebenfalls mit einem Zahlencode in Gang gesetzt wurde, May-Lynnes Bluse zu öffnen.

Er war schon viel zu sehr durch ihren halbnackten Körper abgelenkt, um zu erkennen, ob sie auch an der Wohnungstür auf einen Schlüssel verzichten konnte.

Dass ein Haus dieser Art sicherlich mit Kamerasystemen ausgestattet war, bereitete ihm keine Kopfschmerzen. Es war ihm egal. Wenn jemand sah, was sich hier anbahnte, dann sollte er es eben genießen.

Die Zimmer, die May-Lynne vor ihm durchschritt, schalteten auf ihr zweimaliges Händeklatschen die Beleuchtung ein. Carl lief ihr wortlos hinterher, immer beobachtend, wie sie ein Kleidungsstück nach dem anderen auszog und achtlos auf dem Boden zurückließ.

Im Schlafzimmer übernahm dann er wieder die Kontrolle. Er warf sie rückwärts auf das mit weißen Leinen bezogene Bett und drückte mit der Linken ihren Oberkörper hinunter, während er mit der rechten ihren Slip von den Hüften zog. Aber May-Lynne blieb nicht untätig. Sie rollte sich unter Carl hervor, kniete sich vor ihm auf den Fußboden und zog die Lasche seines Gürtels aus der Schnalle. Ihr Augenaufschlag brachte ihn schon jetzt um den Verstand. Sie zog den Gürtel vollständig aus dem Hosenbund und setze sich neben ihn. Vor ein paar Monaten hatte er mal auf YouTube gesehen, wie ein Pavianmännchen sein Weibchen an und auf sich zog, um es zu begatten. Das Animalische und die unerbittliche Art in dieser Bewegung, ließen ihn bis heute nicht mehr los. Das Pavianmännchen zeigte damit das männlichste Verhalten, das Carl sich vorstellen konnte. Und so zog er die zierliche Frau auf seinen Schoß und drückte sie an sich. Wieder wand sie sich aus seiner Umklammerung und forderte ihn auf, sich auf das Bett zu legen.

»Du bist groß und stark. Darf ich dich fesseln?« fragte sie und schwenkte seinen Gürtel vor sich. Er musste lachen. Die Fesseln dieser zierlichen Prinzessin machten ihm keine Sorgen. Sein Lächeln und Zurücklehnen ließen sie in ihrem Vorhaben weitermachen. Es gefiel Carl, wie zielstrebig sie ihn entkleidete und wie viel Spaß sie daran zu haben schien. Diese Frau war schlimmer und gieriger, als er zu hoffen gewagt hatte.

Mit seinem Gürtel band sie sein linkes Bein an einem der Bettpfosten fest. Für sein rechtes verwendete sie einen ihrer Seidenstrümpfe, der neben dem Bett zum Liegen gekommen war. Sanft, aber stramm. Dann rutschte sie hoch, nicht ohne ihn noch einmal kurz mit den Lippen zu verwöhnen. Sie war ein Sechser im Lotto. Volltreffer. Carl lehnte sich weiter in die Kissen.

May-Lynne nahm seine Krawatte und verband ihm die Augen. »Du sollst nur fühlen. Später darfst du sehen.«

»Du kleine Hexe, du«, flüsterte er heiser und schloss die Lider. Dann spürte er ein weiteres Tuch an seinem rechten Handgelenk. Sie zog es stramm und irgendetwas wirkte beunruhigend. Er hörte, wie sie eine

Schublade öffnete. Mit einem Kuss unterhalb seines Nabels ließ sie seine Sorgen wieder verschwinden und lenkte das Blut in seine Lenden.

Wieder begab sie sich zu seiner rechten Hand. Sie küsste seine Finger, so wie sie ihn schon an anderer Stelle geküsst hatte. Ja, sie wusste genau, was sie tat.

Dann spürte er plötzlich den Zug des Kabelbinders an seinem Handgelenk. Stramm, sehr stramm. Mit wenigen Schritten umrundete May-Lynne das Bett und zog seine Gelenke mit den Plastikbändern an den Bettpfosten fest.

Während seine Erektion wie feuchte Zuckerwatte in sich zusammenfiel, schrie er sie an und versucht mit hektischen Bewegungen die Krawatte aus seinem Gesicht zu bekommen.

Er hörte ihre Stimme, aber sie sprach nicht zu ihm. Wovon redete sie? Ihre Stimme klang auf einmal überhaupt nicht mehr süß und niedlich, sondern pragmatisch, kühl und selbstbewusst.

»Blutgruppe 0, ausgezeichnete Lunge, Netzhaut hervorragend, Nieren ohne Befund, bestes Gewebe, lediglich die Leber hat vermutlich schon etwas abbekommen.«

Albern musste er aussehen. Nackt mit der mittlerweile über die Stirn geschobenen Krawatte. Festgebunden mit Plastikbändern an Bettpfosten. Albern und lächerlich. Aber niemand lachte.

Fünf Personen konnte er nun um sich herum hantieren sehen. Nach Größe und Statur handelte es sich um drei Männer und zwei Frauen. Alle in knielangen, weißen Kitteln. Ein blassrosa Mundschutz bedeckte die Hälfte ihrer Gesichter, und an den Händen trugen sie hellgrüne Gummihandschuhe.

May-Lynne war nicht mehr nackt. Sie hatte sich einen Bademantel übergezogen und trug ein glänzendes Klemmbrett in ihrem Arm. Auf der Rückseite des Klemmbrettes konnte Carl das Logo einer Firma erkennen. Es war das gleiche Logo, das er noch heute auf ihrem Messestand gesehen hatte. Sie blätterte ein oder zwei Dokumente um, signierte das Papier und reichte die Schreibunterlage mit einem freundlichen Nicken an einen der Männer.

Links von ihm zog einer der Kittelträger eine Spritze auf. Aus der Nadel perlte ein Tropfen milchiger Flüssigkeit. Carl spannte seine Muskulatur an, um das Abbinden seines Oberarmes zu verhindern, aber es half ihm nicht lange. Der Gurt spannte sich um seinen Bizeps und staute das Blut, so dass seine Adern gut sichtbar in der Armbeuge hervortraten. Auf einem Rollwagen wurden von einer anderen Person kleine Container geöffnet. Er kannte diese Behältnisse. Es waren Transportboxen, wie sie bei Organtransplantationen verwendet wurden.

Sein Blick wurde panisch, und er wurde auch nicht ruhiger, als er May-Lynnes Gesicht sah und sie ihm noch eine Kusshand zuwarf. Ihr Lächeln war fürsorglich.

»Seid nett zu ihm. Er hat ein gutes Herz.«

Starbucks

»Dein Name?«

Fabio schaute über seine linke Schulter. Sie saß immer noch am Fenster und las eine Illustrierte.

»Dein Name?« Die junge Frau mit dem schwarzen Shirt und der grünen Schürze stand vor ihm. In der einen Hand den noch ungefüllten Becher mit dem Starbucks Emblem und in der anderen einen schwarzen Stift. Zwischen ihnen auf dem Tresen waren Gläser mit Florentinern und Schokolade platziert und ein Kubus aus Plexiglas, der mit Trinkgeldern bis zur Hälfte gefüllt war. Fabio blickte wieder nach vorne. Er brauchte einen Moment, bis er begriff.

»Andreas«. Die Frau schrieb den Namen auf den Becher, und Fabio ging ein Stück weiter nach hinten, wo ein anderer Mitarbeiter die fertigen Getränke ausgab. In der Regel wurden die Namen der Kunden hier abgefragt, um die diversen Getränke den entsprechenden Bestellern zuzuordnen. So konnte einigermaßen sichergestellt werden, dass der Caramel Macchiato mit extra Espresso nicht bei der koffeinfreien Vanilla Cream Frappuccino-Kundin landete und umgekehrt. Einen Andreas hatte irgendwie immer jeder in seiner Agenda. Er lächelte und ließ die Frau auf dem Barhocker an der großen Fensterscheibe nicht aus den Augen.

Sie war vielleicht Ende zwanzig. Höchstens Anfang dreißig. Mittelgroß mit brünettem kinnlangen Bob. Mit ihrer Jeans, dem weißen Hemd und den weißen Turnschuhen konnte sie eine Mitarbeiterin der Uni sein. Oder eine Angestellte aus einem der umliegenden Marketingbüros.

Sie trug zwei Ringe an der rechten Hand und außer einer kleinen Kette um den Hals, keinen weiteren Schmuck. So viel hatte er schon beim Betreten des Lokals sehen können.

Kinder hatte sie keine. Nicht, dass er es sicher wusste, aber er hatte es einfach im Gefühl. Die jungen Mütter, die er manchmal in einem der Cafés beobachtete, kamen meistens zu zweit (vorausgesetzt, sie hatten ihren Nachwuchs nicht gleich im Schlepptau) und tranken ihren Kaffee begleitet von gestenreichen Unterhaltungen, denen man ihre eheliche Unzufriedenheit anmerken konnte. Er musste ihnen gar nicht mehr zuhören, um zu wissen, worum es dabei ging. Thema eins waren die Ehemänner.

Früher bemüht, jetzt nachlässig und auch optisch nachlassend. Thema zwei war dann die eigene, nach der Schwangerschaft versaute Figur. Thema drei war gerne eine der früheren gemeinsamen Freundinnen, die ohne Mann und Kind sicherlich schrecklich unglücklich sein musste. Und das vierte Thema in der Reihe der üblichen »10 Uhr, die Kinder sind in der Kita, und ich gehe gleich zum Sport« - Treffen war dann der Neid auf die kinderlose Freundin, die völlig unabhängig und spontan mal eben nach Ägypten oder Ibiza jetten konnte.

In der Regel war das genau der richtige Zeitpunkt, um sich ins Spiel zu bringen und mit etwas Geschick die eine oder andere der Kaffee trinkenden Freundinnen abzugreifen. Er hatte es drauf und wusste, wie er es anstellen musste. Mit ein bisschen Glück war er mit der Dame fertig, bevor der kleine Dennis oder die süße Kira wieder aus der Kita abgeholt werden konnte. Dann kam Mutti glücklich und erhitzt, mit roten Wangen in ihrem Cayenne angefahren und hatte das Gefühl, dass ihr jeder ansehen musste, was sie in den letzten Stunden mit einem Richard, Peter, Michael oder Oliver getrieben hatte. Oder eben mit einem Andreas.

Genau dieser Name stand auf dem Becher, den ihm der Kerl an der Kaffeeausgabe jetzt mit einem »Lass es dir schmecken.« in die Hand drückte.

Fabio drehte sich gemächlich um und ging gelassenen Schrittes in Richtung Ausgang. Kurz bevor er die Tür erreichte, blickte er nach rechts und blieb ruckartig stehen. »Annette?«

Sie reagierte nicht. Er ging zwei Schritte auf die Frau mit dem Bob zu. »Bist du es oder bist du es nicht?«

Jetzt schaute sie auf. Fabio ging munter auf sie zu. »Du musste es einfach sein. Annette, du hast dich überhaupt nicht verändert.«

Die Frau musterte den jungen Mann fragend, aber wie er erkennen konnte, wendete sie sich nicht von ihm ab. Stattdessen lächelte sie und schaute ihm offen ins Gesicht.

Ohne zu zögern nahm er einen zweiten Barhocker und setzte sich neben sie. »Was für eine Enttäuschung« schmunzelte er. »Du kannst dich überhaupt nicht mehr erinnern?«

Dann hielt er ihr seinen Kaffee vor die Nase.

»Andreas?« sie blickte auf den Pappbecher.

»Ja, genau. Du hast keine Ahnung mehr wer ich bin, oder?«

Ab jetzt wurde das Eis dünn, das wusste er. Wenn sie versuchte sich an ihn zu erinnern, dann musste er immer einen Schritt hinter ihr bleiben. Durfte nicht vorgreifen, was Orte oder eventuelle vorherige Begegnungen anging. Die Frau lehnte ihr Kinn auf ihre Handfläche und schien zu überlegen.

»Kennen wir uns von der Uni?« Sie legte den Kopf ein bisschen schräg, wenn sie etwas fragt, stellte Fabio fest.

»Nein, leider nicht. Was hast du studiert?«

»Lehramt. Deutsch und Biologie.«

»Ich Architektur.«

»Du bist Architekt?«

»So gut ich eben kann.« Fabio lachte. Bauwirtschaft war zumindest nicht allzu weit entfernt von Architektur. Das würde er schon ordentlich vertreten können.

»Okay. Also von der Uni nicht. Jetzt hab ich's. Wir kennen uns vom Handball?«

»Gott behüte, nein! Meine Freunde meinen immer, ich werfe wie ein Mädchen, und es sähe aus, als hätte ich Angst vorm Ball. Und das war schon in der Grundschule so.«

Beide lachten.

»Sag nicht, dass du damals auch in der Tanzschule warst?« Annette lachte.

»Bingo! Lang, lang ist's her.« Fabio grinste. »Es wundert mich überhaupt nicht, dass du dich nicht an mich erinnern kannst. Ich sah damals auch noch ein bisschen anders aus.«

Wenn er eines wusste, dann, dass Tanzschulen-Zeiten in einem gewissen Alter immer eine ganze Weile zurücklagen.

»Es ist ja auch schon über zehn, fast fünfzehn Jahre her.« Annette griff nach ihrem Becher und trank einen Schluck ihres Kaffees.

Fast fünfzehn Jahre seit der Tanzschule. Fabio rechnete. Seine Tanzschulzeit hatte er mit sechzehn, siebzehn Jahren. Die Mädchen waren damals im Schnitt zwei Jahre jünger. Das heißt, die Annette, die vor ihm saß, musste wie geschätzt etwa dreißig Jahre alt sein. Perfekt. So mochte er sie am liebsten. Keine Abiturientin, die meinte, sie wüsste wie die Welt funktioniert, und keine von den Enddreißiger-Frauen, die schon verzweifelt waren, weil sie beim lauten Ticken ihrer biologischen Uhr nicht mehr schlafen konnten.

»Hast du damals noch lange weiter gemacht?« Eine Frage, die er immer stellen konnte. Hier hatte sie Spielraum, um noch eine Menge über sich preiszugeben. Er war ganz Ohr, bereit sich jedes Wort zu merken und für seine eigene Agenda zu nutzen.

Bis jetzt schien sie nicht zu zweifeln, dass sie sich aus früheren Zeiten kannten. Und selbst wenn? Was hatte er zu verlieren? Dann hätte er sich eben geirrt und konnte im besten Falle weitermachen sie zu erobern, da man sich ohnehin schon in einem netten Gespräch befand. Was für ein Spaß. Man würde lachen über die Parallelen im Leben und den Zufall, dass man wohl jemandem ähnlich sah, der bei dem anderen Eindruck hinterlassen hatte. Und dann würde er sich darum kümmern, dass die Sympathie groß genug wurde, um für ein bisschen Intimität zu sorgen.

»Nein, ich hab schon nach dem Silber-Kurs aufgehört. Und du?«

Obacht, dachte er sich. Er wusste, wie schnell das schöne Miteinander beendet sein könnte, wenn sie erkannte, dass er lügt. Irren ist in

Ordnung. Bei einer absichtlichen Lüge würde sie zuschnappen wie eine Muschel. Das galt es zu vermeiden. Er fand sie süß. Nicht unbedingt das Gefühl, das ihn ursprünglich angetrieben hatte. Aber die Art, wie sie beim Nachdenken die Nase kraus zog und mit ihren unlackierten Fingernägeln eine Haarsträhne aus dem Gesicht strich, traf ihn weit oberhalb der Gürtellinie.

Sie war also irgendwo Lehrerin für Deutsch und Biologie, sie spielte Handball und ging vor beinahe fünfzehn Jahren zur Tanzschule.

Alle Informationen speicherte er ab. Aufmerksamkeit war das A und O in der Umsetzung seiner Absichten.

»Aber wenn du doch Lehrerin bist, dann müsstest du jetzt im Unterricht sein. Oder schwänzt du gerade, junges Fräulein?« Er tat so, als ob er sie vorwurfsvoll anschaute und machte eine tadelnde Bewegung mit seinem Zeigefinger.

Wieder lachten beide.

»Nein, ich habe heute frei. Nach der zweiten Stunde ist meine Klasse zu einem Ausflug gestartet, und ich hatte einen Termin beim Arzt, deswegen werden sie von einem meiner Kollegen begleitet.« Sie nahm den offenbar letzten Schluck aus ihrem Becher und stellte ihn vor sich auf den Tisch. »Und du? Keine Häuser bauen heute Vormittag?«

»Eigentlich schon. Ich wollte mir nur schnell einen Kaffee holen. Und jetzt habe ich so ziemlich überhaupt keine Lust, auf irgendwelche Baupläne. Hab ich das richtig verstanden und du hast heute frei?«

Er schaute sie fröhlich an. Im nächsten Moment, und genau richtig, bevor sie irgendetwas sagen konnte, fügte er hinzu: »Oh, wahrscheinlich wartet Zuhause aber schon der Lehrer-Ehemann mit ein oder zwei süßen Lehrerinnen-Kindern. Dann könnte ich natürlich verstehen, wenn du keine Zeit mehr hättest.«

Annette schmunzelte. »Lehrerinnen-Kinder gibt es keine, und einen Lehrerinnen-Ehemann gibt es auch nicht. Mein Freund ist für ein paar Wochen auf einer Tour durch die Anden, und ich konnte ihn leider nicht begleiten. Das heißt, im Prinzip hab ich heute tatsächlich frei und nichts mehr zu tun.«

»Also keine Klassenarbeiten korrigieren oder Hausaufgaben vorbereiten?« Fabio fühlte sich großartig. Das Schicksal machte ihm gerade ein überaus atemberaubendes Geschenk.

»Na ja. Es gibt nichts, was eilt, oder nicht erst morgen erledigt werden könnte. Wieso, was hast du vor?«

»Wenn wir uns schon so lange nicht gesehen haben, könnten wir uns von früher erzählen. Oder von heute. Dann kannst du mir erklären, warum du mich damals nicht ein einziges Mal mit dir hast tanzen lassen, und warum dein Partner immer so komisch geschaut hat, beim Walzer.« Fabio wusste, dass er jetzt ein bisschen pokerte, aber es schien nicht schief zu laufen. Annette lachte, und das Lachen gefiel ihm.

»Jedenfalls könnten wir jetzt erst mal hier abzischen und sehen, was dieser Tag uns bringt.«

Sie stand auf und stolperte ihm fast vom Barhocker in den Arm. Fabio fing sie auf. Im Stehen war sie etwas kleiner als er gedacht hatte. Der unerwartete Moment ihrer Nähe verwirrte ihn kurz. Dann nahm er für einen Augenblick ihre Hand und half ihr, sich wieder zu fangen.

Schon eine Minute später standen sie vor der Glastür von Starbucks und überlegten, was sie aus dem Tag machen könnten. Innen hinter der Scheibe standen immer noch ihre Becher nebeneinander. Auf dem rechten stand mit kantigen Buchstaben der Name Annette geschrieben, und auf dem linken, nicht weniger eckig, Andreas.

Drei Stunden später saßen sie auf einer Parkbank im Hofgarten und teilten sich eine Tüte Popcorn, die sie im Vorbeigehen im Kino erstanden hatten. Sie erzählten sich Geschichten aus ihrer Jugend und suchten gegenseitig Punkte im Leben des anderen, mit denen sie etwas anfangen konnten. Fabio und Annette lachten, alberten, scherzten und kamen sich näher.

Immer wenn sie sich vor Lachen schüttelte, fielen ihr von beiden

Seiten Haarsträhnen ins Gesicht, und Fabio streifte sie mit seinen Zeigefingern hinter ihre Ohren.

Die Art wie sie sich ansahen, sich zufällig berührten und sich über die Eigenarten des anderen amüsierten, ließ andere Paare lächeln. Es war, als ob sie sich wirklich seit vielen Jahren kannten.

Noch bevor das Gefecht um das letzte Popcorn verklungen war, brach ein satter Wolkenbruch über Fabio und Annette herein. Blitz und Donner wurden von dem heftigsten Regenschauer begleitet, der in den letzten Wochen niederging.

Fabio nahm Annette bei der Hand, und beide rannten aus dem Park in Richtung Straße. Unter einer Markise angekommen stellten sie fest, dass sie beide nass bis auf die Haut waren. Annette schlotterte, und Fabio zog sie an sich. Er wollte sie nicht mehr verführen. Er wollte sie wärmen. Wollte, dass sie sich wohl fühlte und mindestens halb so glücklich war, wie er selbst.

Es war Annette, die mit einem Blick auf die andere Straßenseite wies. Fabio verstand nichts und hielt sie einfach nur weiterhin fest im Arm. Dieser Moment konnte nicht schöner sein. Annette nahm sein Kinn und wendete seinen Kopf in ihre Blickrichtung.

»Wir könnten duschen und warten, bis der Regen vorbei ist. Vielleicht könnten wir auch unsere Klamotten trocknen. Und wenn wir Glück haben, dann gibt es im Fernsehen irgendeine Tanzshow, und wir holen all unsere versäumten Tänze nach.«

Ihr Blick war offen, und sie zog ihre Nase kraus.

Fabio hatte dieses Hotel nie zuvor gesehen, aber er wusste, dass es das schönste Zimmer haben würde, was er sich nur vorstellen konnte. Weil es ihr Zimmer wäre.

Er betete, dass der Regen nicht so schnell nachließe, dass er nicht plötzlich aufwachte und alles nur eine Fantasie, ein Wunschgedanke war. Und er ließ es geschehen, dass dieses Mal Annette seine Hand griff und ihn über die Straße zog.

Sie wollte mit ihm alleine sein, und er konnte sich nichts vorstellen, was schöner sein konnte, als sie ganz nah bei sich zu haben.

Immer wenn sie ihn in den folgenden Stunden Andreas nannte – und das tat sie oft – gab es ihm einen kleinen Stich. Er hatte sich verliebt. Mit Pauken und Trompeten.

Selbst wenn sie alles andere abgelehnt hätte, nur Schach oder Mau Mau mit ihm hätte spielen wollen, sich nicht mit dieser Intensität an ihn gepresst und ihn wie eine Besessene geküsst hätte, wäre er ihr mit Haut und Haaren verfallen. Am liebsten hätte er ihr jedes Mal, wenn sie seinen Namen sagte, den Finger auf den Mund gedrückt und gesagt, wer er wirklich war.

Er war verliebt. Zum ersten Mal mit jeder Faser seines Körpers. Und ihre Nähe ließ seinen Puls bis zum Morgengrauen schneller schlagen.

Er konnte sich nicht vorstellen, jemals wieder eine andere Frau anzusprechen. Zu belügen und zu verführen.

In Annette fand sich alles, was er sich von einer Frau erträumt hatte. Sie war die, die er in jeder anderen gesucht und nie gefunden hatte.

Und ihre Haare kitzelten in seiner Nase, als sie erschöpft in seinem Arm einschlief.

Fabio drehte sich auf den Rücken. Dann fasste er an seine Seite und schlug die Augen auf. Annette war fort. Er zog ihr Kissen an sich und drückte es fest an seinen nackten Oberkörper. Ihr Geruch, ein, zwei ihrer kurzen brünetten Haare, mehr hatte sie ihm nicht zurückgelassen. Kein Briefchen mit ihrer Telefonnummer. Kein »lass uns am Wochenende treffen«, gar nichts. Sein Blick heftete sich an die Zimmerdecke. Noch vor wenigen Stunden war sie ihm ganz nah gewesen. Viel näher als alle anderen vor ihr. Ihr Lachen, ihre blasse Haut, die Art, wie sie ihn anschaute. Als ob sie direkt in seinen Kopf hineinsah. Als ob sie etwas erwartete.

In der Regel war er froh, wenn eine seine Eroberungen sang- und klanglos verschwand, oder ihn ohne viele Worte ziehen ließ, aber bei Annette tat es weh.

Er ließ sich alles durch den Kopf gehen. Er würde sie finden. Und wenn er jede Schule in der Umgebung, jeden Handballverein und jede Tanzschule, die es jemals gegeben hatte, aufsuchen müsste.

Ihr Steckbrief in seinem Kopf war bunt und brannte unter seiner Haut. Sie hatte ihm genügend Anhaltspunkte gegeben.

Und wenn sie wieder vor ihm stand, dann würde er ihr alles erzählen. Wie es war, als er sie zum ersten Mal sah. Dass er ihren Namen nur kannte, weil er auf dem Becher in ihrer Hand stand. Dass er Fabio hieße und bisher keine Frau auch nur annähernd so einzigartig und liebenswert fand wie sie. Dass er niemals ohne sie in die Anden fahren würde, weil er sich nicht vorstellen könnte, so viele Wochen von ihr getrennt zu sein. Er würde sie finden. Und nie wieder loslassen. Dann schloss er noch einmal die Augen drückte das Kissen fest an sich.

Elsa zog ihre Wohnungstür hinter sich ins Schloss und lehnte sich von innen an den Rahmen. Was für ein schöner Tag und was für eine aufregende Nacht. Dieser »Andreas« war einer von den ganz wenigen Männern mit denen sie sich mehr als nur ein paar schöne Tage hätte vorstellen können. Aber sie wusste, dass es keine Aussicht auf Erfolg hatte. Wer sie so lange von vorne bis hinten belügen konnte, um sie ins Bett zu bekommen, den konnte sie einfach nicht ernsthaft in ihr Leben holen.

Gut, auch sie hatte nicht an allen Stellen die Wahrheit gesagt. Sie hatte eben mitgespielt. Aber er hatte damit begonnen.

Elsa löste sich aus der Tür und ging in Richtung Badezimmer. In zwei Stunden, musste sie in ihrem Büro in der Universität sein. Lehrerin an einer Grundschule war ja nicht allzu weit entfernt von einer Dozentin an der Hochschule. Es war auch nicht ihr Freund, der die Wanderung in den Anden machte, sondern ihre WG-Gefährtin, mit der sie sich diese hübsche Altbauwohnung teilte. Und Handball kannte sie auch nur durch den Verein, den ihr Vater früher trainierte.

Unter der Dusche fühlte sie noch einmal seinen Berührungen nach.

Sie wusste, dass er Fabio hieß. Als er das Hotelzimmer zahlte konnte sie einen Blick auf seine Kreditkarte werfen. Aber wieso hätte sie dieses wunderbare Spiel unterbrechen sollen? Er wollte Andreas sein und sich in Annette verlieben. Nichts anderes hatte er bekommen.

Und sie würde sich niemals an jemanden binden, der diese Darbietung so perfekt beherrschte, wie er es tat.

Es hatte einen Moment gedauert, bis sie begriff, welches Spiel er spielte, aber dann gefiel es ihr, und sie war fast froh, dieses Mal im Starbucks einen neutralen Namen gewählt zu haben. Wenn sie mit ihrer Mitbewohnerin oder einer Kollegin dorthin ging, machten sie sich häufig einen Spaß daraus, sich Fantasienamen zu geben. Dann hießen sie je nach Laune gerne mal Rosa, Viola, Lila oder Blanca. Nur selten gab sie ihren richtigen Namen an.

Annette wählte sie gestern lediglich, weil ihr nichts Besseres einfiel, als einfach mal vorne im Alphabet zu beginnen.

Elsa trocknete sich ab und begann sich anzukleiden. Sie würde pünktlich in ihrem Büro sein.

Und für die nächste Zeit würde sie sich ihren Kaffee in der Mensa holen.

Schwarz & Schwarz

Er war so glücklich, sie endlich für sich alleine zu haben. Keine anderen Menschen mehr um sie herum, die sie stören konnten. Das ganze Theater war derart ermüdend, dass er kaum noch glaubte, die Gäste würden gehen. Stets stand er etwas abseits und ließ ihr den großen Auftritt. Alles drehte sich um sie, und das war gut und richtig so. Sie war die Schöne, die Junge, die jeder liebte.

Aber jetzt gehörte sie ihm allein. Und sie beide wussten das auch. Er lächelte sie an, nahm ihre Hand und liebkoste jeden ihrer Finger. Dann legte er die Hand zurück und küsste sie auf ihr Haar. »Ich liebe dich. Ich liebe dich so sehr«, flüsterte er und küsste sie erneut. Sie sprach kein Wort, entzog sich ihm aber auch nicht. Sie ließ ihn einfach gewähren und zeigte keine Abscheu. Dabei musste sie mindestens genau so müde sein wie er.

Zu schwach, um sich zu bewegen. Und so hob er sie hoch und trug sie hinüber auf sein Bett. Ihr Arm lag über seiner Schulter und ihr Körper schmiegte sich an seine Brust. Leonhard Schwarz war zu keiner Zeit glücklicher. Es hatte in den letzten Monaten und Jahren durchaus die eine oder andere Frau in seinem Leben gegeben, aber keine war wie sie. Caroline war zwar mehr als 15 Jahre jünger als er, aber sie war die, bei der er wusste, dass er der letzte Mann sein würde, der sie liebte. Er wusste, wie viel Wert sie darauf legte, dass er ihre Kleider nicht beschmutzte, und so half er behutsam dabei, ihr dieses hübsche Kleid auszuziehen und legte es zusammengefaltet auf den Stuhl neben dem großen Blumengesteck. Früher, als sie sich noch nicht so gut kannten, stellte er sich oft vor, wie es wäre, jede einzelne ihrer Sommersprossen zu küssen. Ihren nackten Körper zu berühren und ihr dabei tief in die Augen zu sehen. Da war sie aber noch viel zu jung für ihn. Für alles. Das war jetzt anders.

Sie lag einfach nur vor ihm. Die rotblonden Haare um ihr hübsches, blasses Gesicht und die Stirn entspannt. Kein Zorn, keine Sorge. Nur reine Hingabe.

Es folgten Stunden von Leidenschaft und Ekstase. Und erst spät legten sich die Erregung und der Rausch der beiden Liebenden. Er hielt sie fest in seinem Arm, als ihn der Schlaf übermannte, und wieder konnte er nicht glücklicher sein.

Die Sonne schien durch das Fenster und wärmte sein Gesicht. Caroline lag auf dem Rücken. Sie musste eine ruhigere Nacht gehabt haben. Er selbst schlief in solchen Nächten immer etwas friedlos. Träume plagten ihn, und oft schreckte er mit dem Gefühl auf, keine Luft mehr zu bekommen.

Leonhard konnte bei ihrem wunderschönen Anblick nicht an sich halten. Sanft schob er sich auf sie und schlief ein weiteres, ein letztes Mal mit ihr. »Mein Gott, Liebes. Was könnten wir für wunderschöne Kinder haben.« Er konnte nicht aufhören, sie zu küssen, während er sich in ihr bewegte.

Ein leises Knacken hatte ihn am vorhergehenden Abend erschreckt. Er hoffte inständig, sie nicht verletzt zu haben, und untersuchte sie vorsichtig. Sie gab keinen Laut und zeigte keinen Schmerz.

Aber sie war ja auch noch so jung. Da brachen die Knochen nicht ganz so leicht. Das konnte ihm vielleicht bei einer Achtzigjährigen passieren, die pulverisierten sich quasi, wenn man zu unvorsichtig vorging, aber bei Caroline war das doch sehr unwahrscheinlich.

Er rollte sich von ihr herab und betrachtete ihren wunderschönen Körper liebevoll.

Warum hatte sie das nicht schon früher zugelassen? Es hätte alles noch viel schöner sein können. Es war nicht selten, dass er seine Liebste noch zu Lebzeiten kennenlernen durfte. Die Stadt war klein, und sie waren das einzige Unternehmen im Ort. Aber es machte die ganze Sache so viel intimer und schöner. Nackt, wie er war, holte Leonhard zwei große Handtücher und begann Caroline bei der Reinigung zu helfen. Hygiene war ihm immer sehr wichtig, und er war sich sicher, dass auch Caroline sehr reinlich war. Dann half er ihr zurück in das cremefarbene Kleid. Wie eine Braut sah sie darin aus. Niemand hätte sie auf erst Siebzehn geschätzt.

Leonhard zog sich wieder seinen Anzug an. Er band seine Krawatte und bürstete sein Haar. Es blieb ihnen nicht mehr viel Zeit. Bald würde der Wagen kommen.

Vorsichtig hob er Caroline vom Bett auf. Sie konnte ihm ja kaum helfen. Als er sie zurück in den Sarg legte, passte er auf, dass sie sich nirgends anschlug. Mit ein paar gekonnten Handgriffen richtete er ihr Haar und platzierte ihren Kopf auf der Mitte des weißen Seidenkissens.

Wieder küsste Leonhard alle zehn Finger, bevor er ihre Hände über dem Brustkorb aufeinanderlegte. Er errötete leicht, als er ihre Fesseln berührte und feststellte, dass der Knöchel vermutlich tatsächlich gebrochen war. Es tat ihm leid, und er strich sanft über die unebene Stelle. Dann legte er die Füße so, dass niemand den kleinen Makel erkennen konnte. Es würde sie ohnehin niemand mehr so sehen, wie er sie gesehen hatte. Er war, wie so oft, der Letzte.

Die Scharniere schlossen sanft, und die Riegel ließen nicht zu, dass ein Unbefugter den Deckel anhob, um das tote Mädchen noch einmal zu betrachten.

Vor der Tür konnte Leonhard seinen Bruder mit dem Kombi kommen sehen. An den hinteren Fenstern des Leichenwagens stand in geschwungenen Lettern »Schwarz & Schwarz Bestattungen«.

Leonhard und Constantin Schwarz.

Keine Seele verlor je ein böses Wort über die beiden Brüder, die das Unternehmen vor fast zehn Jahren von ihren Eltern übernahmen. Die beiden galten als der Fels in der Brandung, wenn ein lieber Mensch aus seiner Familie gerissen wurde, jemand freiwillig aus dem Leben ging oder durch ein Verbrechen verschied. So wie die junge Caroline. Bis jetzt wusste man nicht, wer das Mädchen erwürgt hatte. Man fand sie vor einigen Tagen im Morgengrauen, unweit ihres Hauses.

Die Spurensicherung hatte sie erst vor kurzem freigegeben, und ihre Eltern waren froh, in den Gebrüdern Schwarz Menschen gefunden zu haben, denen sie all ihren Schmerz und ihr Liebstes anvertrauen konnten. Leonhard und Constantin.

Stets diskret, ruhig und freundlich. Niemand behandelte die Verstorbenen so hingebungs- und respektvoll wie diese beiden jungen Männer.

Auf dem Weg ins Krematorium sprachen die Brüder kein Wort miteinander. Beide wussten, wie es für den anderen war, seine Liebste zu bekommen und dann wieder hergeben zu müssen. Immer wieder. An die Erde oder ins Feuer. Und beide hatten Tränen in den Augen.

Das Prachtstück

Er wusste gar nicht mehr, wo er sie alle eingesammelt hatte. In der Regel nahm er sie am liebsten aus der Tiefgarage mit oder aus dem Park.

Manche fand er auch in öffentlichen Gebäuden. Vor allem dann, wenn es draußen kalt war. Es war gar nicht schwer. Man saß zusammen, trank ein oder zwei Bier, erzählte, dass man ein warmes Plätzchen hatte, an dem man die Nacht verbringen konnte, und schon lagen sie einem zu Füßen.

Im Moment hatte er vier Stück, und jedes hielt sich weitgehend prächtig.

Alle befanden sich auf einer Etage. Die Türen waren bei den Vorarbeiten zum Abriss inklusive der Türstöcke entfernt worden. So hatten sie sich untereinander im Blick und konnten hören, wenn er mal mit der einen und mal mit der anderen spielte.

Er liebte das. Bei Stück eins und Stück drei war er sicher, hin und wieder Eifersucht in den Augen erkennen zu können. Immer dann, wenn er sich hingebungsvoll um seine Pflichten als Besitzer kümmerte, begann das Geschrei der anderen, und es erregte ihn unglaublich.

Keiner konnte sie hören. Nachts war niemand auf der Baustelle, und tagsüber war der Lärm um das Gebäude zu laut. Dann hätte man es nicht hören können, wenn er eines seiner Stücke mit einer Handgranate verteilt hätte.

Wenn sie begannen sich zu gut zu verstehen, ärgerte er sie gerne ein bisschen. Am besten ging das, wenn er der Einen Dinge wegnahm und der Anderen gab. Das konnten Kleidungsstücke sein oder der Haarschmuck, mit denen er sie gerne dekorierte, oder auch nur der Eimer, auf dem sie ihre Notdurft verrichten konnten.

Dann tat er so, als ob er das entsprechende Stück nicht mehr mögen würde und ergötzte sich daran, dass sie vor Angst und Trauer stundenlang vor sich hin wimmerten.

Auch sehr unterhaltsam war es, wenn er das ein oder andere Stück mal ein paar Tage nicht fütterte.

Dann kam es lediglich an den Schlauch, der in jeder Box stand, um sich etwas Wasser aus einem der Wassercontainer zu saugen. Aber zu essen bekam es nichts. Anfangs hatten die Biester versucht, sich dann gegenseitig zu helfen, indem sie ihre Brotreste mit dem Fuß zur Nächsten stoßen wollten.

Das hatte ihn wütend gemacht. Sehr wütend. Zwei Tage berührte er keines seiner Stücke und gab ihnen auch kein Essen. Zusätzlich schüttete er in jeden der vier Wassercontainer eine Flasche Essig und einen Becher Seife. Sollten sie doch sehen, wie es war, wenn sie nicht gehorchten. Dass er ihre Handschellen auch nicht herabließ, so dass sie sich nachts hinlegen konnten, gehörte ebenfalls zu seiner Bestrafung.

Dann zog er sich eine Matratze in die Mitte des Raumes, so dass er alle sehen konnte und aß die großen Pizzateile, die er sich unten von der Tankstelle mitgenommen hatte.

Der Duft der Pizza zog sich durch alle Räume, und obwohl die Fenster schon rissig und zum Teil geborsten waren, hielt sich dieser Geruch für die nächsten zwei Tage in den Wänden.

Seine Erziehungsmethode zeigte Wirkung. Keines dieser Biester hatte jemals wieder versucht, sich seiner Essensverteilung zu widersetzen oder seinen Willen zu untergraben.

Stück zwei hatte nun schon den ganzen Tag gekotzt. Sie war schon zehn Wochen hier und tat sich seit ein paar Tagen schwer mit der Rumhängerei. Er mochte das gar nicht. Deswegen ließ er Nummer drei aus den Handschellen und führte sie an ihrer Leine hinüber zu Stück zwei, wo sie das ganze eklige Zeug aufwischen konnte.

Die Biester waren in der Regel zu schwach, um zu fliehen oder sich ihm zu widersetzen, aber in Fällen in denen er sie im Haus ausführte, trug er immer noch seinen eingeschalteten Elektroschocker in der anderen Hand. Gebraucht hatte er ihn bis jetzt noch nicht, aber man konnte nie wissen.

Damit die Stücke stets wussten, was ihnen blühte, wenn sie doch mal versuchen sollten ihn zu verlassen, testete er ihre Reaktion auf den Schocker regelmäßig, wenn sie nicht damit rechneten. Er war hier derjenige, der das Sagen hatte. Und niemand zweifelte das an.

Vor ein paar Wochen hatte er an einem Tag gleich zwei seiner Stücke verloren.

Zackzack. Erst hing die eine ganz blau im Gesicht in den Handschellen, und schon ein paar Minuten später zitterte die andere in Krämpfen und blieb dann mit weit geöffneten Augen nach hinten gelehnt ebenfalls in den Ketten hängen.

Kurt hatte geflucht. Bei keiner dieser Frauen konnte er damit rechnen, dass sie sich mal völlig normal verhielt. Sie schrien, fluchten, weinten oder starben, wie es ihnen eben passte. Es war einfach grauenhaft.

Die Leichname zu entsorgen, war nie ein großes Problem. Sie waren ja umgeben von Baugruben, und wann immer es nötig war, warf Kurt eben nochmal einen den Betonmischer an, der an jeder Ecke stand und begrub seine verstorbene Gefährtin unter einer dicken Schicht Zement.

Die Geräusche heute hatten ihn sehr verärgert. Er würde seine Gespielinnen bald schon zurücklassen müssen. Das Unternehmen hatte mit dem Abbruch des Hauses begonnen. Es würde schon noch ein paar Tage gehen, denn im Gegensatz zu anderen Abrissen wurde nicht von oben nach unten vorgegangen und es wurde auch nicht gesprengt. Sie brachen einfach von der Südseite immer weiter vor. Alle Etagen quasi gleichzeitig.

In etwa zwei Tagen würde hier alles in Schutt und Asche liegen.

Ihm persönlich konnte das egal sein. Er würde sich eine neue Bleibe suchen. Außer seinem kleinen Spielplatz hier, hatte er ja auch noch seine kleine Wohnung im Haus seiner Mutter. Die würde sich freuen, ihn wieder häufiger zu sehen. Und bekochen würde sie ihn. Und nicht so ein schreckliches Theater machen wie die vier hier oben. Allerdings würde sie ihm auch nicht so viel Spaß bereiten wie sein kleines Quartett.

Es dämmerte schon wieder, als er hochkam. Er hatte sich vorher vergewissert, dass noch immer alle Siegel intakt waren. Der gesamte Bau war schon vor Monaten abgenommen worden. Jeder wusste, dass sich hier keine Menschenseele mehr befand. Na ja, jeder ging zumindest davon aus.

Dass Kurt sich seinen Zutritt über Feuerleiter und die Balkone im zweiten Stock schaffte, konnte niemand ahnen. Er war zu aufmerksam, um sich erwischen zu lassen und die Baustelle war einfach zu uninteressant für eventuelle Besetzer oder den Standardpenner. Im Erdgeschoss hatten mal ein paar versucht, sich einzunisten, aber die waren schneller wieder weg, als sie in die Ecke pinkeln konnten.

Es war oft recht beschwerlich, das Essen und alles was er brauchte hier hochzubringen. Aber der Spaß war es ihm wert. Er hatte nun mal die Verantwortung übernommen, und nun wollte er sie auch so lange am Leben halten, wie es eben passte.

Kurt hatte beinahe alle mit Essen versorgt – außer Nummer zwei, die kotzte eh immer gleich wieder alles aus – als sein Prachtstück ihn rief.

Sie war die einzige, die sich etwas mehr herausnehmen durfte als die anderen drei. Aber rufen durfte auch sie ihn eigentlich nicht. Dennoch wollte er heute nicht so sein und ging zu ihr hin. Es war noch zu früh, um sie hinzulegen, dementsprechend stellte er sich ihr gegenüber und fragte barsch, was sie sich erlaube. Sie antwortete ohne zu zögern. Leise, aber mit dieser widerwärtigen Selbstsicherheit, die er ihr in all den Wochen noch nicht hatte austreiben können.

»Barbara ist schwanger.«

Kurt verstand nicht. »Wen meinst du?« Er versuchte ihrem Blick über seine Schulter zu folgen.

Sie deutete auf Stück zwei. Diese hing blass und kraftlos in ihren Handschellen.

»Barbara, dort, am Fenster. Das Mädchen ist schwanger. Du musst sie gehen lassen. Spätestens übermorgen wird dieser Teil des Hauses abgerissen. Du kannst sie nicht mit uns hier sterben lassen.«

143

Kurt schaute abwechselnd zu dem Stück, was offensichtlich Barbara hieß und zu der Brünetten, die vor ihm stand. Dann begriff er und begann zu lachen. Er schlug sich vor den Kopf und schüttelte sich vor Lachen.

»Ich soll was?« Ihm liefen die Tränen aus den Augen. Mit so etwas hatte er nicht gerechnet.

»Du sollst sie frei lassen, du perverses Schwein. Es geht hier nicht um dich, mich und diese anderen verlorenen Seelen. Es geht hier um ein unschuldiges Kind. Selbst, wenn es von dir ist, du Monster.«

So sehr Kurt die Art, wie sie mit ihm sprach, und ihre Forderung amüsierte, hatte er zwei Dinge ganz klar verstanden. Sie hatte ihn perverses Schwein und Monster genannt.

Prachtstück hin oder her, das konnte er nicht durchgehen lassen. Er holte aus und schlug ihr mit seiner Rechten mitten ins Gesicht.

Dann lachte er wieder. Sein eigener Besitz wollte ihm also sagen, wie er mit seinem Besitz umzugehen hatte. Es war einfach zu komisch.

Die Art, wie die Brünette nun in den Handschellen hing, gefiel ihm aber überhaupt nicht. Sie bewegte sich nicht mehr und gab keinen Laut von sich.

Er zog sie an ihren Haaren hoch, aber auch das änderte nichts. Sie machte keinen Mucks.

Das durfte doch nicht wahr sein. Hektisch kramte er den Schlüssel für die Handschellen aus seiner Tasche. Sie durfte nicht sterben. Er löste ihre rechte Hand aus der Fessel und versuchte sie aufzurichten.

Mit allem hatte er gerechnet, aber nicht mit einer so raschen Reaktion. Innerhalb von Sekundenbruchteilen gelang es der Brünetten die Metallschließe der freigewordenen Handschelle um sein Gelenk klicken zu lassen.

Er stand wie vom Donner gerührt vor ihr.

Ausgerechnet sein Prachtstück. Kurt wollte ihr am liebsten mit der Faust ins Gesicht schlagen, aber die Freude in ihrem Blick hielt ihn zurück. Außerdem baumelte seine Schlaghand nur wenige Zentimeter entfernt von ihrer Linken in der Handschelle.

Er brauchte Momente, um zu begreifen. Den Schlüssel seiner Fessel konnte er gut sehen. Er lag neben dem Tisch, auf dem er immer das Essen für diese undankbaren Parasiten zubereitet hatte. In dem Augenblick, in dem er sein Prachtstück aus der Handschelle befreit, und sie ihn derart böse ausgetrickst hatte, entglitt er ihm und rutschte an diese Stelle. Nah genug ihn zu sehen, aber zu weit entfernt ihn zu erreichen.

Kurt begann erst zu zittern. Dann begann er zu schreien. Und in seiner Angst waren das Schlimmste, was ihm passieren konnte, die Ruhe und der Blick seines Prachtstücks.

Als die Sonne aufging, konnte er erkennen, dass nun wohl auch Stück zwei verstorben war. Schwanger hin oder her. Sie war jetzt tot, und er hing hier mit der Brünetten an einer Handschelle. Beide nicht in der Lage sich oder den anderen zu befreien. Stück eins und drei hatten am Anfang noch vor Freude geschrien und getobt, als sie sahen, dass auch er gefangen war. Nun waren sie leise und still.

So leise und still, dass es alle hören konnten. Die Maschine, die sich von der Südseite her durch das Haus fraß, würde sie nicht erst morgen erreichen. Sie befand sich offenbar bereits jetzt unmittelbar unter ihnen. Und als sie das Nachgeben des Bodens unter sich spürten, schrien Kurt, Nummer eins und drei aus Leibeskräften. Das Prachtstück hingegen schloss die Augen. Durch das zerborstene Fenster hatte sie in den letzten Wochen gesehen, wie diese Häuser in sich zusammenfielen. Und sie wusste, dass niemand auch nur einen Schrei hätte hören können.

3D / 3F

Genau diese Art von Passagier machte sie wahnsinnig. Seit mehr als zwölf Jahren arbeitete sie für diese Airline. Und vom ersten Tag an konnte sie sagen, welcher Fluggast auf welchem Platz für Ärger sorgen würde.

Der Passagier hatte weder Senator noch Honour Member Status. Er war bloß FTL, also Frequent Traveller. Das hieß nichts anderes, als dass er mehr als dreißig Einzelflüge pro Jahr gesammelt hatte. Dass er Business Class Tickets besaß, machte die Sache aber etwas anstrengender.

Dieser Mann jedenfalls verhielt sich so, als ob ihm die Airline gehöre. Und sein Sohn stand ihm in nichts nach.

Der Junge in der Designer-Jeans und dem blass-lila Pullunder war vielleicht elf Jahre alt und mit der gleichen Arroganz und Überheblichkeit ausgestattet wie sein Vater.

Der Flug ging von Frankfurt nach Madrid und fiel damit noch unter Kurzstrecke.

Als Purser hatte Kerstin heute die Verantwortung für die Kabine, und sie war sich darüber im Klaren, dass sie für diesen Kandidaten mindestens achtzig Prozent ihrer Aufmerksamkeit aufwenden würde. Alle anderen Passagiere waren entspannt und im schlimmsten Fall ein bisschen ängstlich, weil flugunerfahren.

Ihren beiden Kolleginnen hatte sie bereits den üblichen Blick für Fälle wie diesen zugeworfen. Und als Sandra durch den Gang nach vorne schritt, flüsterte ihr Kerstin schon die Sitznummern zu.

3 F, und 3 D leider ebenfalls.

Nun gut. Kerstin nahm sich vor, auch diese Gäste mit Höflichkeit und Respekt zu behandeln.

Gleich nach vollständigem Boarding kam es zu den ersten Problemen. Der Passagier klappte seinen Sitz bis zum Anschlag zurück, zog sich seine Schuhe aus und begann zu telefonieren.

Sandra, die Jüngste ihm Team, bat ihn, die Rückenlehne senkrecht zu stellen und das Handy auszuschalten. Aber der Mann zeigte ihr nur einen Vogel, wandte sich in Richtung Fenster und telefonierte unverändert weiter.

Kerstin blinzelte ihrer Kollegin freundlich zu und gab ihr zu verstehen, dass sie sich gleich selber um den Passagier kümmern werde. Und sie nahm durchaus wahr, dass der Junge am Gangplatz noch versuchte, ihrer Kollegin ein Bein zu stellen.

Nach einem Blick auf alle Sitzgurte, ging Kerstin wieder in den vorderen Bereich und beugte sich ruhig über die linke Seite der Reihe Nummer 3. Glücklicherweise hatte der Mann zumindest aufgehört zu telefonieren.

»Ich wäre Ihnen sehr verbunden, wenn auch Sie jetzt die Rückenlehne in die aufrechte Stellung bringen würden und Ihr Sohn seinen Tisch hochgeklappt lassen könnte, damit wir rechtzeitig starten können.« Kerstin zog ihre Mundwinkel zu einem unverbindlichen Lächeln nach oben, behielt aber die Härte und Klarheit in ihrem Blick, die manche Passagiere manchmal brauchten.

»Sonst was? Sonst starten wir nicht oder wie? Verarschen können Sie sich alleine.«

Das fing ja prima an. Sie hatte die Wahl, jetzt im Cockpit Bescheid zu sagen, oder das Benehmen dieses Gespanns für die kommende Flugzeit soweit es ging zu ignorieren.

Sie entschied sich dafür, die Kollegen zu informieren. Die Piloten mussten wissen, dass hier unter Umständen mit weiteren Problemen zu rechnen war. Ein Ignorieren solcher Menschen gestaltete sich fast immer als unmöglich, da sie dazu neigten, die miese Stimmung auf mehr und mehr Personen in ihrem Umkreis zu verteilen. Schon jetzt war die Dame, die in der Sitzreihe hinter dem unverschämten Passagier saß, über den zurückgeklappten Sitz keineswegs erfreut. Und auch sie saß Business Class.

»Wir heißen unsere Passagiere auf unserem Flug von Frankfurt nach Madrid herzlich willkommen. Wir, Kapitän Söder und ich, Co-Pilot

Franks, sowie unser Team in der Kabine freuen uns, dass die Mehrzahl der Passagiere den Anweisungen Folge geleistet hat und bitten nun auch die beiden Herren in der Reihe 3 freundlicherweise Sitze und Tische in die notwendige Position zu bringen, damit wir starten können. Herzlichen Dank!«

Als die Stimme aus dem Cockpit schallte, kam ein kleines bisschen Bewegung in die entsprechend Reihe.

Der Passagier stellte unter lautstarker Bemängelung der Kompetenz dieser Airline, seine Lehne gerade und beförderte den Tisch seines Sohnes in die korrekte Position.

Dass es damit noch keine Ruhe geben würde, konnte Kerstin jetzt schon von ihrem Klappsitz aus sehen, auf dem sie Start und Landung verbrachte.

Schon wenige Minuten nach Start erklang die Glocke im vorderen linken Bereich. Kerstin und Sandra schauten sich an, und auch Belinda schaute vom hinteren Bereich des Flugzeuges in ihre Richtung.

Kerstin hielt Sandra zurück und ging selber zu den Problempassagieren.

»Mein Sohn hätte gerne eine Cola, und ich bräuchte dann mal ein Glas Weißwein. Trocken. Und nicht schon schal, seit Stunden in der Kühlung stehend. Oder müssen Sie dafür auch wieder vorne bei Papi Bescheid sagen?«

Der Junge kicherte und schaute Kerstin erwartungsvoll und abfällig ins Gesicht.

»Es tut mir leid. Sie werden sich noch einen kleinen Moment gedulden müssen. Wir werden gleich mit dem Bord-Service beginnen. Dann können Sie mir gerne noch einmal ihre Wünsche mitteilen.«

»Und bis dahin soll ich hier sitzen und Däumchen drehen? Kommen Sie langsam mal in die Gänge und kriegen ihren Hintern in Bewegung. In dieser Maschine erlebe ich den miesesten Service, den ich als Vielflieger jemals habe hinnehmen müssen.«

Kerstin dreht sich um und ignorierte die Tatsache, dass der Junge begann, sie mit verschiedenen Bezeichnungen zu beleidigen.

In all den Jahren hatte sie gelernt, sich nicht auf dieses Niveau herabzulassen, sondern über den Dingen zu stehen und damit unverschämten Passagieren den Wind aus den Segeln zu nehmen.

Kaum, dass das Licht ausging, das zum Schließen des Gurtes aufforderte, schnallte sich das Kind ab und rannte ans hintere Ende der Maschine. Dort schloss sich der Junge in die Toilette ein. Wenige Minuten später sah Kerstin, wie das Kind vor der dritten Flugbegleiterin Belinda stand, in ihr Gesicht lachte, einen Vogel zeigte und dann wieder nach vorne zu seinem Vater lief. Der Junge rutschte tief in seinen Sitz und stellte seine Füße gegen die Lehne des vor ihm sitzenden Passagiers.

Kerstin machte sich auf den Weg, und was sie von Belinda zu hören bekam, ließ es zunehmend schwer werden, immer noch ruhig zu bleiben.

Dem Rotzlöffel war es gelungen, die Toilette mit ausreichend Papier aus dem Handtuchspender zu verstopfen. Die Crew, und vor allem die anderen Fluggäste, würden nun für den Rest der Strecke nur noch über eine Toilette im vorderen Bereich verfügen. Zusätzlich hatte es dieses widerliche Kind mit seiner grässlichen Art tatsächlich geschafft, Belinda Tränen der Wut in die Augen zu treiben. Kerstin lockerte ihr Halstuch.

Dann schritt sie äußerlich besonnen und innerlich auf 180 wieder an den Platz, wo die Lehne der zweiten Reihe bereits unter den Tritten des Jungen bebte.

»Sehr geehrter Herr Weibel«, Kerstin machte keinen Hehl daraus, dass sie als Flugpersonal leicht feststellen konnten, wer auf welchem Platz saß.

»Es wäre schön, wenn Sie Ihrem Sohn den nötigen Respekt gegenüber anderen Menschen beibringen würden. Absichtlich die Toilette zu verstopfen, ist vielleicht noch als dummer Jungen-Streich einzustufen. Es ist jedoch sicher nicht angemessen, meine Kolleginnen und mich zu beleidigen. Ich wäre Ihnen sehr verbunden, wenn...«

Ohne sie ausreden zu lassen lehnte sich der Herr in dem grauen Anzug vor und sprach mit lauter Stimme, so dass es auch noch die Sitzreihe hinter und vor ihm mithören konnte.

»Hör gut zu«, er blickte auf ihr Namensschild und begann erneut. »Hör gut zu, Kerstin! Wenn ihr etwas Vernünftiges gelernt hättet, dann müsstet ihr dem da vorne nicht auf fünfunddreißig Fuß einen blasen, um hier mitfliegen zu dürfen. Und dann müsstet ihr euch auch nicht von meinem Sohn beleidigen lassen. Abgesehen davon halte ich die Begriffe Saftschubse, Luftmatratze und Notrutsche nicht für Beleidigungen, sondern für Berufsbezeichnungen. Und nun hör auf, mich oder mein Kind zu belästigen.« Ohne ein weiteres Wort wandte er sich wieder seinem iPad zu.

Der Junge feixte, zog eine Grimasse und zeigte Kerstin den Mittelfinger.

Dieses Mal bereitete Kerstin das Essen für die Business Class besonders hingebungsvoll zu. Beide Seiten der Reihe 3 hatten zum Mittagessen die Variante Salat mit frittiertem Hähnchen gewählt. Die Passagiere auf F und D wiesen des Weiteren darauf hin, dass sie aufgrund einer Allergie unbedingt (!!!) - und die drei Ausrufezeichen standen tatsächlich auf dem Papier in Kerstins Hand - ausdrücklich auf Fisch in jedem Gang verzichten wollten.

Nun denn. Auf all ihren Reisen hatte Kerstin viele Erfahrungen sammeln können. Sie wussten was zu tun war, wenn jemandem übel wurde. Wie man Menschen lagerte, die einen Herzinfarkt an Bord hatten. Und sie war sogar schon mal bei einer Entbindung auf fast 40 Tausend Fuß dabei. Sie wusste allerdings auch, was ein anaphylaktischer Schock war. Vor allem auf Flughöhe und wenn einem niemand helfen konnte. Oder eben wollte.

Gleich nach dem Bordservice leuchtete schon wieder das Lämpchen über der linken Seite der Reihe 3. Dann sah sie, wie jemand vom Fensterplatz aus hektisch winkte. Sie winkte zurück und lächelte. Wenig später hatten sich die beiden Gäste auf den Plätzen beruhigt. Sie saßen beide in Richtung des Fensters gelehnt und schienen fest zu schlafen.

Kerstin genoss die Ruhe, räumte die Tabletts vom Tisch und deckte die Passagiere fürsorglich bis zum Hals mit zwei Decken der Airline zu. Diese beiden würden das Flugzeug heute sicherlich als letzte verlassen.

Das frittierte Hähnchen und der frittierte Lachs sahen sich aber auch extrem ähnlich.

Der alte Herr Schneider

Der alte Herr Schneider mochte einen Dachschaden haben. Aber es war kein schlimmer Dachschaden. Nichts Gefährliches oder Perverses. Beinahe schon sympathisch und absolut harmlos. Man hätte es fast noch als Macke beschreiben können, aber dafür war es dann doch schon zu intensiv. Also sollte man hier bei der Bezeichnung Dachschaden bleiben.

Der alte Herr Schneider konnte nämlich nicht leben, ohne alles, was er tat und erlebte, in irgendeiner Form zu vermessen.

Wenn er morgens aufwachte, maß er seine Temperatur. Dann legte er den Pulsmesser um sein Handgelenk und nahm auch noch die Werte von Blutdruck und Herzgeschwindigkeit.

Obendrein ging er ins Badezimmer, um sich zu wiegen, und notierte dann alle seine Messungen in sein kleines schwarzes Buch.

Herr Schneider hatte eine Vielzahl dieser kleinen schwarzen Bücher in seinem Regal. Es mochten fast Tausend sein. Ein paar Hundert waren es auf jeden Fall. Sie enthielten die meisten Jahre, seines Lebens in Zentimetern, Grad oder Gramm.

In der Küche vermaß er genau einhundertfünfzig Milliliter aus dem Wasserbereiter, und dann wog er mit der Briefwaage vier Gramm von dem Schwarztee aus der obersten Schublade seines Küchenschrankes ab.

Zum Frühstück gönnte er sich ein Brötchen, das er dem Gefrierschrank entnahm und bei einhundertsiebzig Grad für zwölf Minuten im Backofen aufbuk. Die Stoppuhr in seiner Hand half ihm, den exakten Punkt zu finden, an dem er den Ofen ausschalten und öffnen musste.

Herr Schneider war zufrieden. Er wusste, dass sein Drang, Dinge zu vermessen, zu wiegen und zu notieren, nicht als normal galt, aber es war ihm nicht weiter wichtig.

Gleich nach dem Frühstück ging er durch jedes Zimmer und notierte die Raumtemperatur.

Es war nicht so, dass es hier erhebliche Schwankungen gab. Genauer gesagt wich die Temperatur in den unterschiedlichen Räumen lediglich an einem Tag im letzten November und einem im Mai um mehr als 1,6 Grad zwischen Wohnzimmer und Hausflur ab, aber man konnte nie wissen.

Herr Schneider nahm alle Thermometer in die Hand, nickte sanft mit dem Kopf und schrieb die abgelesenen Zahlen in sein schwarzes Notizbuch.

Zeit seines Lebens – und das waren mittlerweile ganze achtundsiebzig Jahre, zwei Monate und sechsundzwanzig Tage – hatte er den Drang, alles in Einheiten zu fassen.

Alle Dinge waren vorerst erledigt, und der alte Herr Schneider setzte sich auf seinen Sessel und schaute sich um. Er war zufrieden.

Das Haus, in dem er lebte, war eines der älteren der Stadt. Früher war es ein schönes Viertel gewesen, aber mittlerweile war es schon ziemlich heruntergekommen.

Im Fernsehen hatte er erst vor kurzem gehört, dass die Gegend, in der er wohnte, als sozialer Brennpunkt bezeichnet wurde. Wenn er aus dem Fenster schaute oder einkaufen ging, wusste er auch, was damit gemeint war.

Irgendwo schrie immer jemand oder warf Dinge aus dem Fenster. Die blauweißen Fahrzeuge der Polizei kamen dann gleich zu zweit, und man konnte den Beamten anmerken, dass sie erleichtert waren, wenn sie wieder wegfuhren.

Er war schon ein bisschen froh, dass die Hälfte der Wohnungen im Haus leer stand. Weniger Menschen, weniger Unruhe.

Der alte Herr Schneider mochte Menschen sehr, aber er genoss es auch, nicht so oft von irgendwelchen Obdachlosen oder Drogensüchtigen im Hausflur behelligt zu werden.

Das Klopfen an der Tür kam überraschend. Es kam selten jemand zu ihm. Mal die Zeugen Jehovas oder einer, der irgendwen aus den verlassenen umliegenden Wohnungen suchte.

Langsam stand er auf und ging die neun Schritte bis zur Tür. Durch den Spion konnte er eine junge Frau sehen. Etwas kleiner als er und offensichtlich allein. Sie lächelte und schaute sich fragend um. Dann klopfte sie erneut. Erschrocken über das Klopfen direkt vor seiner Stirn griff er nach der Klinke und drückte sie hinunter.

Im nächsten Moment schlug ihm jemand die Tür vor den Kopf. Der alte Mann stürzte zu Boden und schlug mit der Schläfe leicht an die gegenüberliegende Wand.

Zwei Männer schlüpften durch den Eingang, gefolgt von der Frau, die der alte Herr Schneider durch den Türspion hatte sehen können.

Alle drei konnten höchstens zwanzig Jahre alt sein.

Während einer der beiden blonden Männer direkt in sein Schlafzimmer stürmte, packte ihn der andere am Kragen und zog ihn vom Boden hoch.

»Ganz ruhig Alterchen. Wir tun dir nichts, wir hätten nur ganz gerne ein Plätzchen zum Ausruhen und etwas Unterhaltung.«

Dann schleifte er ihn aus dem Flur ins Wohnzimmer.

Die junge Frau hatte mittlerweile angefangen, eine Schublade nach der anderen herauszuziehen und den Inhalt auf den Boden zu verteilen. Zollstöcke, Maßbänder, unterschiedliche Waagen und Thermometer lagen vor allen Schränken. Herr Schneider bückte sich um seine Sachen aufzuheben. Mit einem Tritt gegen die Schulter wurde er aufgehalten. Auf dem Boden sitzend musste er sich mit ansehen, wie die Frau begann, die Notizbücher einzeln aus dem Regal zu kippen. In ein oder zwei schaute sie hinein und warf sie dann enttäuscht zu den anderen. »Nichts als Zahlen. Alter, du bist echt krank«, sie warf eines der Bücher vor seine Brust.

Im Kopf des alten Herrn Schneider brannte es wie Höllenfeuer. Unermesslicher Schmerz.

Er fühlte, dass die Stoppuhr in seiner Tasche zerbrochen war.

»Kohle gibt es hier keine.« Der Blonde, der das Schlafzimmer durchsucht hatte, kam ins Wohnzimmer und sprang mit Anlauf auf das Sofa. Dort sprang er einige Male auf und ab, bis er sich in die Kissen fallen ließ. Aus seiner Hose holte er ein Päckchen Tabak und legte es vor sich auf den Tisch. Er klebte drei kleine Papierchen aneinander und bröselte ein bisschen von einem braunen Klumpen in den Tabak. Herr Schneider wusste, dass es Haschisch war. So etwas hatte es ja schon zu seiner Zeit gegeben. Außerdem kannte er es aus dem Fernsehen.

Er saß vor seinem einen Meter und zweiundzwanzig breiten Bücherregal und blickte auf den Tisch, der heute Morgen noch genau zwei Meter und sechzig von hier entfernt stand. Jetzt war er verschoben, und er hatte keine Ahnung, wie weit sich die Koordinaten seines Lebens dadurch verändert hatten.

Die Unordnung um ihn herum verursachte ihm Kopfschmerzen. Nichts war mehr an seinem Platz. Er würde alles neu vermessen müssen, wenn er wieder alleine war. Kaum ein Stuhl oder Kissen befand sich noch in seiner richtigen Position.

In einer Schüssel brachte der Junge mit der Rauschgift-Zigarette das Essen aus dem Kühlschrank ins Wohnzimmer.

Er warf die Schüssel auf den Tisch und hielt dem alten Herrn Schneider den Joint vors Gesicht.

»Auch ʼnen Zug, Opa?«

Alle lachten. Außer Herrn Schneider. Der schaute in eine andere Richtung und lehnte ab.

Sie waren nun bestimmt schon eine ganze Stunde in der Wohnung. Gute sechzig Minuten, 3600 Sekunden. Mindestens. Der alte Mann erhob sich.

»Hey Opi, du willst uns doch nicht verlassen, oder?« Das Mädchen mit den strähnigen dunklen Haaren stellte sich ihm in den Weg.

Herr Schneider blieb kurz stehen und blickte sie verwirrt an. Wo sollte er denn hingehen wollen? Es war seine Wohnung, und er würde sie auch nicht verlassen. Schwach schüttelte er mit dem Kopf und wandte sich wieder seinem Bücherbord zu.

Der Blonde mit den längeren Haaren und den vielen Ohrringen wurde zunehmend unruhig.

»Hast du kein Bier oder so im Haus, Opa?«

Der alte Herr Schneider stand verloren vor seinem Regal und versuchte, seine Notizbücher zu ordnen. Mit schnellen Schritten baute sich der lange, dünne Kerl vor ihm auf. Mit einer Hand warf er gleich einen großen Schwung der kleinen schwarzen Bücher wieder vor die Füße des alten Herren.

»Erzähl mir nicht, dass du nichts zu trinken im Haus hast.« Er kam so nah heran, dass sich ihre Stirnen berührten und der alte Herr Schneider den dunstigen Atem des Halbstarken riechen konnte.

Herr Schneider blickte sich um. Nichts war mehr am Platz. Sein Wohnzimmerthermometer lag zertreten am Boden. Er würde ihnen geben, was sie verdienten.

»Es gibt doch noch etwas zu trinken. Ich werde es euch bringen.« Er holte die Kristallflasche aus dem Küchenschrank hinter der Tür.

Die Halbstarken lachten und rissen ihm die Flasche aus der Hand. Das Mädchen zog drei seiner guten Gläser aus dem Regal, wobei zwei weitere zu Boden fielen und zerbrachen.

Sie stellte die Gläser auf den Tisch, und der etwas größere Blonde schenkte randvoll ein.

Gerne hätte Herr Schneider genau nachgemessen, wie viel Gramm jeder bekam. Aber so konnte er nur schätzen. Er hasste das.

Die drei stießen miteinander an und leerten ihre Gläser dann in einem Zug. Jedes dieser Gläser fasste genau zweihundert Milliliter, das wusste er.

Wenn jeder von ihnen beim Anstoßen zwanzig Milliliter vergossen hatte und zwei Milliliter in den Gläsern zurückblieben, hatten seine ungebetenen Gäste einhundertachtundsiebzig Milliliter zu sich genommen.

Schlagartig kehrte Ruhe ein.

Herr Schneider schaute von einem zum anderen. Das Mädchen war eine Handbreit kleiner als er. Außerdem war sie verhältnismäßig schmal. Bei ihr konnte er es als erstes beobachten. Die Augen traten hervor, und ihr Körper verkrampfte sich. Gleich danach begann es bei den beiden blonden Rowdys. Sie mussten leichter sein, als sie aussahen, aber er hatte sie ja nicht wiegen können.

Es hätte jetzt gar keinen Sinn mehr, noch den Arzt oder den Rettungswagen zu rufen. Die Menge, die diese drei jungen Menschen zu sich genommen hatten, wirkte absolut tödlich. Vor den Mündern der beiden Jungen bildete sich Schaum, und das Mädchen am Fenster brach einfach nur still zusammen. Der alte Herr Schneider hätte gerne die Zeit gestoppt, die es dauerte, bis sein Pulsmesser auch bei dem letzten der drei kein Signal mehr anzeigte. Aber er fühlte seine Stoppuhr zerbrochen in seiner Westentasche.

Er konnte sich jetzt Zeit lassen.

Mit der Flasche in der Hand ging er zurück in die Küche. In all dem Chaos und den Scherben, die ihm diese Menschen hinterlassen hatten, fand er seinen Messbecher. Behutsam schüttete er die verbliebene braune Flüssigkeit in das transparente Gefäß.

Es waren noch zweiundachtzig Milliliter. Er schaute aus dem Fenster und dachte nach. Sein Körpergewicht lag bei 64,4 Kilogramm. Es würde sicher immer noch reichen, wenn seine Zeit gekommen war. Beruhigt füllte er das in Cognak aufgelöste Toxikum in eine kleinere Flasche und stellte sie in seinen Küchenschrank.

Er musste über den Körper des toten Mädchens steigen, um an sein Telefon zu gelangen.

Auch dieses Mal würden sie sicher mit zwei Wagen kommen und froh sein, wenn sie wieder fahren durften.

Dann legte er dem Jungen, der die Gläser eingeschenkt hatte, die Flasche wieder in den Arm und begann, die herumliegenden Notizbücher nach und nach wieder ordentlich in sein Regal zu sortieren. Er würde sich noch heute eine neue Stoppuhr kaufen müssen.

Niemand würde ihm des Giftes wegen einen Vorwurf machen können. Die Polizisten würden verstehen, dass er selber entscheiden wollte, wann er sterben will. Wenn seine Zeit gekommen und das Maß eben voll war.

Die Fotografin

»Schau hierher. Genau so. Direkt über die Schulter. So ist es gut. Und jetzt noch ein bisschen weiter drehen. Du machst das prima. Einfach toll. Du bist echt die Beste.«

Isabel war stolz. Die Fotografin hatte sie vorhin im Park angesprochen. Einfach so. Ob sie ein paar Bilder von ihr machen könne. Und jetzt standen sie hier, und Isabel drehte sich vor der Kamera, lachte und posierte, als ob sie nie etwas anderes gemacht hätte. Die anderen Besucher des Parks applaudierten im Vorbeigehen und wisperten, ob es sich wohl um eine Berühmtheit handeln könnte, die dort abgelichtet wurde.

Nie zuvor hatte Isabel so sehr das Gefühl, zu den hübschen Mädchen zu gehören.

Es war nicht so, dass sie nicht wusste, wie sie aussah. Sie war groß gewachsen, bald 1,80 m, hatte lange blonde Haare und ein nettes Gesicht mit Sommersprossen und blauen Augen. Apart, aber nicht schön. Und ihre Nase empfand sie als viel zu groß.

»Tsstss... keine Komplexe, meine Liebe«, sagte die Fotografin. »Du bist genau der Typ Frau, für den ein Bräutigam seine Braut kurz vor der Hochzeit verlässt.« Beide lachten.

Die Fotografin hieß Julia und war höchstens 10 Jahre älter als Isabel. Julia war klein mit brünettem Igelschnitt und hatte ein niedliches Lächeln, das ihre Zahnlücke zwischen den oberen Schneidezähnen entblößte.

Mit ihrer Kamera kletterte sie auf Baumstümpfe und Brückengeländer und lief sogar barfuß in den Fluss, wenn es das Bild erforderte. Sie fotografierte mit einer so großen Hingabe, dass sich Isabel vorkam wie Claudia Schiffer.

Mehr als zwei Stunden liefen sie so Seite an Seite durch den Park, und immer wieder hielt Julia an und begann ihr Model von allen Seiten zu fotografieren.

Irgendwann blickte sie in den Himmel und begann ihre Kamera in der Fototasche zu verstauen, die über ihrer Schulter hing.

»Ich denke, ich habe jetzt genug von dir!«

Isabel schaute überrascht und Julia begann zu lachen.

»Genug Fotos, meine ich. Wir haben über dreihundert Bilder gemacht. Die muss ich erst mal alle sichten, auswählen, bearbeiten und sortieren. Das ist eine ganze Menge Arbeit, die ich noch mit dir habe.«

Wieder lachte sie und strich Isabel eine Strähne aus dem Gesicht. »Möchtest du gerne dabei sein?«

»Wo dabei sein?« Isabel bewunderte die Akribie, mit der Julia ihr Werkzeug bediente, und wie sorgsam sie damit umging.

»Bei der ersten Sichtung. Es dauert nicht lange, und mein Studio ist gar nicht weit von hier.«

Isabel schaute auf die Uhr.

»Du musst natürlich nicht mitkommen. Ich kann dir die Bilder auch schicken. Es ist nur so, dass ich in der ersten Sichtung manchmal Fotos aussortiere, die das Model gerne behalten hätte. Geschmäcker sind halt verschieden.« Wieder lachte die kleine Brünette und fuhr sich mit der Hand burschikos durch ihr kurzes Haar.

»Ist alles kein Problem.«

Isabel dachte einen Moment nach. Einerseits hätte sie wirklich noch viel für die morgige Vorlesung zu büffeln, andererseits war der Gedanke, heute noch die Fotos zu sehen und vielleicht einige auf einer CD mit nach Hause nehmen zu können, wirklich verlockend.

Sie biss sich auf die Lippe. Ach, was soll's. So eine tolle Gelegenheit hatte man doch selten. Außerdem hätten sie wohl tatsächlich nur zwei Stationen mit der S-Bahn zu fahren, und sie könnte heute Abend ein bisschen länger arbeiten.

»Ich bin dabei.« entschlossen nahm sie ihre Tasche in die Hand und schritt neben Julia in Richtung S-Bahn.

Das Häuschen war nur fünf Minuten zu Fuß von der Station entfernt, und mit jeder Minute wuchs das Interesse und die Neugier an den Fotoaufnahmen.

Sie folgte Julia in den Keller. Hier hatten die Häuser alle noch eine Außentreppe, von der aus man die Kellerräume erreichen konnte. Selbstverständlich hätten sie auch durch das Haus gehen können, aber das war ja gar nicht nötig. Sie wollten sich ja nur an Julias Arbeitsplatz die Fotos ansehen. Einen Tee trinken und vielleicht ein bisschen quatschen.

Mit ein, zwei schnellen Handgriffen fuhr Julia ihren Rechner hoch und schob die Chipkarte aus der Kamera in den dafür vorgesehenen Schlitz.

Innerhalb von Sekunden erschienen mehrere Reihen von Fotos.

Die Fotos in den ersten Reihen irritierten Isabel ein bisschen. Sie waren ebenfalls in einem Park aufgenommen und sie zeigten eine junge Frau, die fast ein bisschen Ähnlichkeit mit ihr hatte.

Julia beugte sich vor und scrollte mit der Maus ein wenig herunter. Nun sah man nur noch die Fotos von ihrem Gast.

»Wer war das?« Isabel schaute abwechselnd auf Julia und den Rechner.

»Das war mein letztes Model. Ich traf sie in der Stadt. Sie war gut, aber nicht halb so gut wie du.« Sie öffnete auf dem Monitor einen neuen Ordner mit dem Namen *Lisa 21* und ordnete alle Fotos, die sie an diesem Tag gemacht hatten, darin ein.

Isabel fühlte sich geschmeichelt. Irgendwie hatte sie das Gefühl, die Frau auf den Fotos schon einmal gesehen zu haben. Aber warum auch nicht. Wichtig war nur, dass Julia sie für das bessere Model hielt.

»Schau dir die Bilder ruhig mal an. Ich hole uns einen Tee.« Julia stand auf und ging in Richtung Treppenhaus. Die Tür ließ sie offen und fragte von den Stufen aus nach, ob sie Zucker und Milch mitbringen solle. Isabel verneinte.

Julia war schon eine interessante Frau. Sie lebe alleine hier in diesem Haus, hatte sie gesagt. Zum einen hätte sie es geerbt, und zum anderen verdiene sie als Fotografin nicht schlecht. Isabel stand auf und schaute sich um. Überall standen Requisiten, Lampen und Kamerazubehör. Neben einem Stapel mit Papierrollen hing ein langer Vorhang. Vorsichtig schob sie ihn zur Seite. Hinter dem Vorhang hing ein blütenweißes Brautkleid. Die Handschuhe waren sorgfältig über den Bügel gelegt, und der Schleier war in einem Stoffbeutel am Haken befestigt.

Julia betrat das Studio, als Isabel den Vorhang wieder zuzog. »Das ist ja wunderschön.« Sie war ehrlich beeindruckt.

»Ja, das ist meins. Ich liebe es.« Julia stellte die zwei Tassen Tee auf einen Extratisch. Dann ging sie zu dem Kleid und steckte sich mit einem Lachen den Schleier in ihr kurzes Haar. Sie schien nicht einen Moment böse zu sein, dass Isabel sich ohne ihre Erlaubnis umgesehen hatte.

»Ich dachte, du bist nicht verheiratet?«

»Bin ich auch nicht. Hat leider nicht geklappt.«

»Das tut mir leid für euch.« Isabel war ehrlich betroffen.

»Für ihn muss es dir nicht leid tun. Er hat mittlerweile geheiratet und ist Vater von Zwillingen.« Sie blieb immer noch frei von Wut und Verbitterung.

»Komm, schau dir noch mal deine Fotos an.« Julia trank einen Schluck und schob Isabel auf dem Bürostuhl wieder vor den Rechner.

Diese griff zur Maus und klickte sich durch die von ihr gemachten Fotos.

»Oder möchtest du sie mal sehen?« Julias Stimme klang verschwörerisch.

»Wen?«

»Die Frau, die meinen Verlobten geheiratet hat.«

Isabel zögerte, aber Julia langte über ihre Schulter und öffnete mit einem Doppelklick einen Ordner mit dem Namen *Lisas*.

Hunderte von Fotos erschienen. Alle zeigten Frauen, die ihr ähnlich sahen. Groß, blond, nett und sympathisch. Auch einige Fotos des Models, das sie vorhin gesehen hatte waren dabei.

Isabel war irritiert.

»Und die heißen alle Lisa?«

»Nein, natürlich nicht.« Julia stand immer noch hinter ihr. »Nur die hier.«, sie öffnete eine Schublade und holte ein Foto heraus, auf dem eine große blonde Frau abgebildet war. Das Foto war mit Stiften verunstaltet und wies Kratzer und Stiche auf. »Das ist die echte Lisa.« Sie legte das Foto neben den Rechner.

»Die hier - hätten bloß alle Lisa sein können.«

Mit einem weiteren Klick erschienen Kopien, die zwanzig Traueranzeigen wiedergaben. Auf allen waren Fotos von jungen Frauen abgebildet. Isabel kannte die Bilder aus den Nachrichten und der Presse. Alle diese Frauen waren eines unnatürlichen Todes gestorben. Und niemand kannte ihren Mörder.

»Du musst verstehen, dass ich euch das nicht durchgehen lassen kann, Lisa.«

Julias Stimme war noch genau so freundlich wie den ganzen Tag schon, aber ihre Hände hielten den Schleier nun wie eine Kordel.

Isabel spürte den rauen Netzstoff an ihrem Hals. Und im selben Moment wusste sie, warum ihr Ordner Lisa 21 hieß.

Campingurlaub

Platz 47 B? Wieso Platz 47 B? Das ist doch der von dem See abgelegene Teil. Sie hatten die letzten vier Jahre stets und zu Recht Platz 47 A bezogen. Und auf diesen haben sie lange Jahre warten müssen, bis sie die Dinge selber in die Hand genommen hatten. Seitdem sie diesen Campingplatz mit ihrem Wohnwagen aufsuchten, hatten sie sich diesen Platz in den Kopf gesetzt. Ja, gut, das gesamte Feld gehörte zu Kategorie A, also seenah mit Wasser, Abwasser und Strom, aber nur die A-Seite hatte direkten Zugang und Blick auf den See.

Sie fuhren weiter, bis sie an der Fläche 47 ankamen. In der Tat. Platz 47 A war besetzt. Albrecht kam die Galle hoch, Herta begann zu weinen, und die Kinder schwiegen, denn sie wussten, dass dieser Urlaub nicht mehr gut werden konnte. Albrecht hielt an, stieg aus und schaute sich den Campingwagen an, der auf *seinem* Platz stand.

Schon vor Monaten hatte er diesen Stellplatz gebucht. So wie in den Jahren zuvor. Und erst heute an der Rezeption fiel diesen Idioten auf, dass sie versehentlich A und B falsch vergeben hatten.

Auf seinem Platz stand nun ein Vario Star mit gut acht Metern Länge. Albrecht wusste, dass dieses Luxus Campermobil eine Breite von fast 2,40 m hatte.

Er hätte direkt vor den schnieken Dieselmotor kotzen können, aber er wollte sich keine Blöße geben.

So etwas hatte doch nichts mehr mit Camping und Natur zu tun. Das war doch reine Angeberei auf Rädern.

Dagegen konnte er mit seinem zwölf Jahre alten Wohnwagen natürlich nicht anstinken. Er stieg wieder in seinen Volvo, in dem Herta immer noch heulte und die Kinder immer noch schwiegen, und setzte auf den ihm angewiesenen Platz zurück.

Am liebsten hätte er dem Besitzer des feindlichen Campingwagens in den Tank gepinkelt und wäre dann die sechshundert Kilometer wieder nach Hause gefahren. Aber er durfte sich nicht so einfach berauben lassen. Er würde kämpfen. So wie er es schon einmal getan und gewonnen hatte.

Alles, was er auf dieser Seite des Weges auspackte, fühlte sich wie Falschgeld an. Viel zu weit weg vom See. Und das Lachen, das er aus dem Nachbarwagen hörte, schien ihn zu verhöhnen und trieb ihm die Zornesröte ins Gesicht. Das würde er sich nicht bieten lassen.

Zögerlich begann Herta das Vordach auszuklappen, während Albrecht die Gartenmöbel aus dem Kofferraum riss und energisch vor dem Wohnwagen aufstellte.

Am nächsten Morgen ging Herta mit Jennifer und Johannes zur Rezeption. Die Angebote für die Kinder waren oft schon früh ausgebucht, und Kinder, die sich langweilen sind selbst an so einem schönen Platz wie hier eine Pest. Auf dem Rückweg brachten die drei die erste Post mit zum Stellplatz.

In der Regel wurden etwaige Briefe über den Nachsendeantrag erst ein paar Tage nach der Ankunft erwartet, und so platzte Albrecht erst so richtig der Kragen, als er sah, dass die Post zwar an den ungeliebten Platz 47 B adressiert war, aber den Namen einer anderen Familie trug.

Kein Zweifel, das konnten nur Briefe für diese widerwärtigen Menschen aus dem Vario Star sein.

Albrecht nahm die Post mit in seinen Wohnwagen. Er war doch kein Briefträger. So weit würde es noch kommen, dass er diesem Dreckspack auch noch seine Rechnungen hinterher trug.

Herta konnte ihn nur mit vielen beruhigenden Worten davon abhalten, die drei Umschläge samt Inhalt über den Gaskocher zu halten.

Zügig drückte sie Jennifer die Briefe in die Hand und bat sie – nachdem Albrecht mit einer Tracht Prügel gedroht hatte, wenn sie die Briefe den Nachbarn gäbe – die Post wieder an der Rezeption abzugeben.

Dieser Urlaub versprach die Hölle zu werden. Und Herta wusste, dass es in Albrecht kochte.

Die Leidenschaft, mit der er sein Schlauchboot richtete und immer wieder giftig zum Camper der Nachbarn blickte, verhieß einen cholerischen Schub. Und wenn Albrecht sich erst mal etwas in den Kopf gesetzt hatte, dann war er kaum aufzuhalten.

Für ihn begann hier auf dem Campingplatz quasi sein persönlicher Feldzug. Jemand besetzte *sein Land,* und er würde sich das nicht bieten lassen.

Natürlich hätte auch Herta, so wie in den Jahren zuvor, gerne den Seeblick genossen, aber für sie war es keine Sache, die sie auf Gedeih und Verderb durchsetzen musste.

Sie hatte sogar noch überlegt, ob sie hinter Albrechts Rücken mit der Platzleitung sprechen und um einen Wechsel bitten sollte. Aber sie wusste, dass die Aussichten gegen Null gingen. Wenn die Wohnwagen erst einmal standen und eventuelle Zelte aufgebaut waren, dann wurde nicht mehr daran herum gemacht. Zumal sich beide Stellplätze in derselben Kategorie befanden.

Im schlimmen und sogar wahrscheinlichen Fall, bekämen sie eine Ablehnung ihres Anliegens schriftlich von einem der Mitarbeiter des Campingplatzes, und dann wäre Albrecht erst recht komplett durchgedreht.

Zwei Tage später erkannte Herta, dass ihr Mann nicht mehr lange warten würde.

Er begann die Nachbarn fröhlich zu grüßen, lachte und winkte hinüber, wenn sich einer der beiden auf den Liegestühlen oder in der Hängematte vor ihrem Camper zeigte.

Und die Nachbarn lachten und winkten zurück. Hatten sie doch nicht die geringste Ahnung, dass sie schon seit einigen Tagen allen Hass aus nächster Nähe auf sich zogen.

Es war vermutlich die Hängematte, die das Fass zum Überlaufen brachte. Sie hing dort drüben genau an der Stelle, an der ihr Mann sonst die Hängematte für die Kinder anbrachte. Das war eine offene Kriegserklärung.

Herta war froh, dass die Kinder über Tag mit den anderen Jugendlichen bei Reit-, Segel- oder Golfschnupperkursen waren. Am Abend gab sie ihnen ihr Essen und schickte sie früh zu Bett.

Albrecht hatte die feindlichen Bewohner mit freundlicher Miene zu einem Getränk eingeladen, und so saßen sie in der Dämmerung gemeinsam vor dem Wohnwagen der Familie Albrecht und Herta Weiß, tranken Pils und Wein, und Herta verdrückte sich ein oder zwei Tränchen.

Das Paar von gegenüber war nett und freundlich. Sie kamen aus der Nähe von Hertas Geburtsort, und es wurde gelacht und gescherzt. Die Männer unterhielten sich über Wohnwägen, Campingmobile und Albrechts Motor-Schlauchboot, und die Frauen tauschten sich über das Leben auf dem Campingplatz aus.

Als sie wieder hinüber zu ihrem Wohnmobil gingen, waren sie alle per Du und hatten sich für Aktivitäten am nächsten Tag verabredet.

Herta hingen noch die letzten Worte ihrer Nachbarn im Ohr. »Wir dachten schon, ihr könnt uns nicht leiden, und es ist schön, dass wir uns irren. So ein Urlaub ist doch nur dann schön, wenn alle ihren Spaß haben.«

Lächelnd lief Albrecht an der Terrasse des Restaurants vorbei in Richtung See. Die Polizei würde sich hier schon wieder verziehen. Sie würden eine Weile suchen und dann aufgeben. So wie vor vier Jahren schon, als dieses Ärztepaar aus dem Bergischen damals bei Nacht und Nebel verschwand. Außer ihren Papieren und ihren Brieftaschen hatten sie nichts mitgenommen.

Zechpreller hatte Albrecht die beiden dann genannt, als die Polizei sich bei der Camping-Nachbarschaft erkundigte. Und er hatte nachgefragt, was denn nun mit dem schönen Dethleffs Magic Edition Mobil passieren würde. Der traumschöne Camper wurde aber schon am folgenden Tag von der Kripo vom Platz gefahren, und zwei Tage später bezog die Familie Albrecht Weiß die 47 A. So wie sie es sich schon immer gewünscht hatten. Seitdem gehörte ihm dieser Stellplatz und schon bald würde er auch dieses Mal seinen Hänger wieder umparken können.

Albrecht liebte diesen See. An der tiefsten Stelle ging es 73 Meter hinab. Dort suchte niemand etwas, und da fand auch niemand was. Weder ein vermisstes Ärztepaar noch diese netten Eheleute, die anderen Menschen ihren Stellplatz wegnahmen. Sie würden nicht mehr auf die 47 A zurückkommen. Albrecht lachte. Sie würden sogar ganz lange Zeit nicht mehr hier auftauchen.

In Liebe deine Schwiegermutter

Da stehst du nun, ganz ohne Worte
und schaust auf deine Hochzeitstorte.
Und neben dir, so wie er kann,
dein frischgeback'ner Ehemann.

Bereits vor fünfundzwanzig Jahren,
hab ich es bangend schon geahnt.
Es naht der Tag, da kommt ein Weib,
sich alles raffend angerannt.

Noch damals in dem Kreißsaal liegend,
trotzt' ich den Schmerzen und den Weh'n.
Doch nichts schmerzt so sehr, wie der Anblick,
euch beieinander hier zu sehn.

Du, ganz in weiß hier,
froh und glücklich,
tust so, als ob es nichts bedeutet.
So unschuldig und frisch verliebt.
Du Kuh hast meinen Sohn erbeutet.

Es lockt kein Geld dich, kein Vermögen,
denn kaum hast du dich angeschlichen,
hab ich wohlweislich und bedacht,
die ganze Erbschaft ihm gestrichen.

Mein Mutterherz, es schmerzt und leidet.
Mein ganzer Stolz steht hier im Frack.
Stets hat man mir den Sohn geneidet,
jetzt steht er wie ein nasser Sack.

Es geht kein Sohn, es kommt 'ne Tochter.
Hör ich den Spruch, es in mir grollt.
Denn meinst du nicht, ich hätt's probiert,
hätt' eine Tochter ich gewollt?

Doch deine unbesohnte Mutter,
die hat mit ihm nun den Gewinn.
Denn wozu machen denn sonst Töchter
so unbemannt für einen Sinn?

Jetzt gib es zu, hör auf zu lügen,
sonst gibt es noch Familienzwist.
Tust das, um Schmerz mir zuzufügen.
Du tust es gut. Weil's soweit ist.

Bevor mit Sekt ich mich betrinke -
dass nächste Glas gibt mir den Rest -
und schmerzverzerrt zu Boden sinke,
wünsch ich euch noch ein frohes Fest.

Die sieben Todsünden

1. Hochmut/Stolz

Der Tag ist schön,
ich stehe auf
aus meinem Seidenbette.
Schau in den Spiegel,
seh es gleich,
bin schöner als Anette.

Die Nase grad,
die Lippen voll,
die Haut wie Samt und Seide.
Der Rest,
den ich im Spiegel seh,
gleicht einer Augenweide.

Vom Haar
bis zu dem Fersenbein,
perfekt wie zweiundzwanzig.
Die andern
aus dem Jahrgang mein,
die wirken fett und ranzig.

Ich kenne kein´,
der seine Frau
nicht gern mit mir betrüge.
Das Datum in dem Reisepass
gleicht nur noch einer Lüge.

Nun werd ich müd,
das Mittel wirkt,
wirkt wie bei einer Alten.

Anästhesie ruft zur OP,
das Werk hier zu erhalten.

Und wach ich auf,
macht es mich wild,
ich taste mit der Hand.
Sehn mich nach meinem Spiegelbild
in Lagen von Verband.

Und sagt mir wer,
der inn're Wert, der hätt' Priorität,
dann antwort' ich,
das sagst du bloß,
weil's für dich ist zu spät.

Der inn're Wert, den sieht man nie.
Und wie ein Stück von Holz,
schnitzt mich die Schönheitschirurgie.
Ich zahl für meinen Stolz.

2. Geiz/Gier/Habsucht

Durch Wohlbedacht und Sparsamkeit
hab ich recht viel erworben.
Der Rest von der Verwandtschaft mein,
ist ziemlich arm gestorben.

Bin, wo mal Geld im Sterben lag
nicht von der Seit' gewichen.
Hab so mit Einsatz und Bedacht
die Erbschaft mir erschlichen.

Geh, ruf ich jetzt zu meinem Mann,
geh her, ruf ich zu Klaus,
mach nützlich dich, ich brauch mehr Platz,
bau mir den Keller aus.

Spar hier und da und horte Geld
und kann es nicht ertragen,
wenn mal mein Mann gut essen will,
bald hört er auf zu fragen.

Ich will gern mehr, und hätt's gern hier,
doch er zeigt keinen Dank.
Lohnt mir nicht meine Sparsamkeit
und wird am End noch krank.

Man kümmert sich die ganze Zeit,
und was macht der Idiot?
Obwohl Bestatten teuer ist,
da stirbt er und ist tot.

Geh her, ruf ich zu meinem Mann,
geh her, ruf ich zu Klaus.
Ich bahr dich hier im Keller auf,
s´ ist günstiger Zuhaus.

Ob Zink, ob Eiche, Urnenglas,
fragt mich das Institut.
Seh ich die Preistabelle dann,
packt mich die blanke Wut.

Die wollen reichlich Geld von mir,
ziehn's mir fast aus der Tasche.
Das mach ich besser ganz allein,
verwahre seine Asche.

Obwohl ich doch so sparsam bin,
wart´ ich, damit sich alle freu'n,
auf Glatteis in der Winterzeit,
dann lohnt sich's ihn zu streu'n!

3. Unkeuschheit/Wollust

Da sitzt er und hat Gier im Blick,
und in der Glotze reibt
sich Guido an der Helena,
die's auch mit Thommy treibt.

Der Film, der ist sein Favorit,
er kennt hier jeden Akt.
Und wenn der Thommy fertig ist,
ist auch der Olaf nackt.

Dann sitzt er mit dem Taschentuch
ganz fest in seiner Rechten
und rubbelt, reibt und ächzt und giert
nach Höhepunkten, echten.

Er wünscht sich bei dem wilden Ritt,
den Helena hier macht,
an Guidos Stelle bitte sehr
und möglichst jede Nacht.

Es ist schon schwer, er hat's nicht leicht,
in seiner Sonntagsschicht,
da rückt er gern in Phantasie
an Frauen ran ganz dicht.

Und keiner kennt die Wollust sein,
er gilt als keusch zum Glück.
Und läuft, wenn er dann fertig ist,
ins Pfarrhaus schnell zurück.

4. Zorn/Rachsucht

Von Rachsucht, nein, da hält sie nichts,
die Großmut liegt ihr näher,
und oft erlitt'ner Ehebruch,
macht ihr Gemüt nur zäher.

Ein Mann braucht mehr von dem, was zählt,
das hat sie früh erfahren,
und hat er sie ins Bett gequält,
ertrug sie sein Gebaren.

Es folgten Frauen, noch und noch,
sie hat's stets wissen müssen,
weil lange ihr Parfum noch roch
in seinen weichen Kissen.

Als Ehepaar man sich nichts stiehlt,
er hat sie gut versorgt.
Und weil für Dankbarkeit er's hielt,
ihr Erbe sich geborgt.

Ein Haus gebaut, 'nen Baum gepflanzt,
den Sportwagen erstanden,
sich hinter gutem Ruf verschanzt,
ein Held, wie alle fanden.

Sie stand oft da, genoss den Blick,
die steile Abfahrt runter,
beflügelt Fantasie ein Stück
und macht ihr Leben bunter.

So hat sie viele Jahre dann
die Augen fest verschlossen,
vor seinen Taten und gedacht,
der Mann gehört erschossen.

Doch wie erwähnt, den Zorn im Bauch,
hat sie sich stets versagt.
Und den zerschnitt'nen Bremsenschlauch
auf vorhin dann vertagt.

Ein Abschiedskuss, schon fährt er los,
sein Ziel er ihr nicht nennt.
Ihr ist's egal, denn sie weiß bloß,
der Hang hat zwölf Prozent.

5. Unmäßigkeit / Völlerei

Ob Drops, ob Pudding, Schokokeks,
die Wahl die ist ihm wurst.
Es soll nur immer reichlich sein,
und Cola für den Durst.

Spaghetti, Pizza, Kaiserschmarrn,
wenn Phil erstmal erwacht,
dann sitzt er vor dem Kühlschrank sein,
auch gern die ganze Nacht.

Der Fahrer von dem Lieferdienst,
der ist für ihn der Beste.
Bringt was Phil mag, so schnell es geht
und der lässt keine Reste.

Der Kerl weiß gar nicht, was er wiegt,
die Waage, die ist Schutt.
Die hielt nicht lang und war sofort
beim Draufstell'n gleich kaputt.

Ein jeder, der den Phil noch sieht,
der weiß, bald ist's so weit.
Der Junge platzt, so viel ist klar,
und zwar in kurzer Zeit.

Es war befürchtet und traf ein,
der Phil, der kam zu Fall.
Und alle in der Nachbarschaft,
die hörten seinen Knall.

6. Neid

Wenn Nachbar mit dem Porsche fährt,
dann wird Gerd grün und blau.
Wünscht Krankheit, Pest und Aussatz ihm
und Fremdgeh'n von der Frau.

Doch der ist fit, hat Geld wie Heu
und Freude jeden Tag,
und treu die Frau, das weiß der Gerd,
weil ihren Mann sie mag.

Zu allem Überfluss sieht Gerd
die Kinder auch stets munter,
sind fleißig, klug und auch bildhübsch,
das zieht den Gerd stets runter.

Dem Bettler an der Ecke selbst,
schaut Gerd in seinen Hut,
die Anzahl von den Münzen drin
befeuern Neid und Wut.

Und fällt mal in der Nachbarschaft
mit 100 Jahr'n wer um,
die Todesform ihm Gerd nicht gönnt,
drum neidet dieser stumm.

Will nur für sich und keinen sonst,
für ihn ist nicht zu fassen,
wenn irgendwer was Schönes hat,
dann fängt er an zu hassen.

So neidet er für Tag und Tag
und kann auch nicht vergeben.
Und stirbt vergällt und gram sodann
und hatte nichts vom Leben.

7. Trägheit

Der Doktor sagt, so wird das nichts,
so geht das nicht lang weiter.
Und fordert auf zu Disziplin,
das stimmt den Paul nicht heiter.

Paul hasst den Sport und mag es nicht,
mehr als er muss, zu laufen.
Drum fährt den kurzen Weg er hin,
um Naschwerk einzukaufen.

Verbringt den Rest des Tages dann
Zuhause in den Kissen,
er denkt fest nach, fast schmerzt es ihn,
er hätt' es wissen müssen.

Der Arzt, das kann kein Guter sein,
der Typ ist bloß sehr schlau,
denn fällt vom Ergometer Paul,
dann ist er grün und blau.

Der Weg zum Geld geht über Sport,
der Arzt hält ihn auf Trab.
Treibt ihm den Puls und Blutdruck hoch
und rechnet fröhlich ab.

Dann kommt der Arzt zum Hausbesuch
und schüttelt still sein Haupt.
Der Paul ist hin, die Faulheit hat
das Leben ihm geraubt.

Danke!

An alle, die mir geholfen, mich angetrieben, motiviert und so lange in den Hintern getreten haben, dieses Buch noch in diesem Jahr herauszubringen.

An Esther von r-design.de, für das rasant gestaltete, tolle Buchcover.

An Mathias, für die Ablenkung zur rechten Zeit und die erste Korrektur.

An Olaf, fürs tägliche Mitzählen und Motivieren und Setzen des eBook-Textes.

An Christiane und Mareike fürs Aushalten von Phase 9.

An Christian Link, fürs chemische Fachverständnis.

An Eva Leopoldi fürs umwerfend schnelle Endkorrigieren und das immer offene Ohr.

An Noémi und Nicky, ganz einfach so.

Und an alle, die auch dieses Buch kaufen, lesen und sich an manchen Stellen ein klitzekleines bisschen wiederfinden.

Manuela Thoma-Adofo